小学館文庫

看取り医　独庵

根津潤太郎

小学館

目次

看取《みと》り医《い》　独庵《どくあん》

第一話　墨堤《ぼくてい》の風（秋）

1

潜戸《くぐりど》を叩《たた》く音がする。その向こうでくぐもった声がした。すずは門へ走っていき、

「どなた様でしょう」

大声を出してみるが返事がない。負けん気の強い性格ではあったが、時折見せる笑顔で、患者から人気があった。浅草阿部川町《あさくさあべかわちょう》の蕎麦《そば》屋の娘で、この診療所の女中として働きだして、もう一年経《た》った。

診療所の閉まったあとの潜戸の叩き方で、どれほど急用か、すずにはわかるように

なっていた。

生死にかかわるような容態ならこんな叩き方ではない。そんな思いを巡らせながら、閂《かんぬき》を外した。

長月《ながつき》の初めだというのに、風は夕刻から冷たかった。その風の中に女が立っていた。

「独庵《どくあん》先生はご在宅でしょうか」

歳《とし》は六十近いだろう、背はすーっと伸びて襟元も涼しげだ。見越しの松から落ちたのか肩に枯れた松葉が一葉載っていた。顔は凍り付いたように無表情だった。

「どなた様でございましょうか」

威圧的な口調を嫌ったのか、

「扇橋《おうぎばし》屋の志乃《しの》と申します」

一本調子で言うと、すずの視線を跳ね返すような鋭いまなざしをみせた。まだ肩で息をしていて急いで来た様子だが、鮫《さめ》小紋の着物は乱れているところもない。これだけ凛然《りんぜん》としていれば、ただものではないことくらい、まだ二十三歳のすずにもわかった。

遠くでキョーキョーキョーキョーとシギの鳴く声がした。

「診察は終わっておりますが」

すずは精一杯、突っぱねようとした。

「扇橋屋の志乃と、独庵先生にお伝えくだされ」

動じない態度に、さすがにすずも当惑した顔になり、

「お待ちください。ここではなんですから、玄関まで」

志乃は気丈さを見せているが、このまま立たせておくわけにはいかず、玄関まで招き入れた。

志乃は上がり框《かまち》にゆっくり座り込んだ。

「お待ちください」

すずは雪駄《せった》を脱ぐと、着物をたくし上げ、ひょいと板座敷に上がり、奥へ走っていった。

「独庵先生、扇橋屋の志乃という方がお会いしたいとおっしゃっています。遅いのでお断りしたのですが」

独庵は掻巻《かいまき》にくるまったまま、ぴくりとも動かない。寝ているのか、起きているのか、すずにはわからなかった。

くるまっている掻巻があまりに薄く小さいので、大柄の独庵の丸まった背中が見え

ている。独庵の頭がわずかに動いたようだった。

「せんせい……」

すずがもう一度呼ぼうとすると、

「わかっておる」

独庵は低い声でうなるように言った。

脚のあたりが動いたかと思うと、中からあかが出てきた。

狸《たぬき》のような顔をした独庵の愛犬だった。

「ここに来ては駄目だと言っているのに」

すずは子犬をしかりつけた。

「よい、よい。しかるでない」

「独庵先生はあかにはお優しいから」

独庵はゆっくり起き上がり、頭を振った。

「扇橋屋とな」

「なにやら妙に品がある奥方です」

「ほう、そんなことが、すずにわかるようになったか」

独庵は大声で笑った。

すずはむっと口をへの字に曲げた。

独庵はせんべい布団に起き上がり、顔をなで回した。

この時代、医者は剃髪《ていはつ》にしていることが多かったが、独庵のような総髪は幕末に増えていく。

どうみても、一昔前まで仙台《せんだい》藩の奥医者をやっていたようにはみえない。ただの浪人か落ち武者である。

独庵が浅草諏訪町《すわちょう》で開業した理由は誰も知らない。ともかく、仙台藩に戻らず、江戸で開業をすることを決めてしまう。どうやら独庵には仙台藩に戻れぬ理由があったらしいが、むろんすずにそんな話をしたこともない。

この場所は元は仙台藩六十二万石の蔵屋敷で米の貯蔵に使われていたが、奥医者の三男坊ということもあって、蔵屋敷をもらい受け、診療所に改装した。

江戸で医者をやるなら、見栄を張るのも大事、それには丁度いい門構えだった。

しかし、独庵の見た目は浪人ふうであり、開業したてのころは、どこの馬の骨ともわからず、患者もほとんど来なかった。ところがあることから、その評判はあっという間に広まった。

老中の田安備前守《たやすびぜんのかみ》が熱をだした。奥医者も手を焼いて、独庵に声がかかり、屋敷まで往診した。持参した薬を飲ませたところ、二日もしないうちに熱が下がり、以来、奥医者が手を焼いたときには、独庵に診療の依頼が来るようになっていた。

患者をたくさん診《み》るようになったからといって、それほど医業に商売気のない独庵は、高い診察料を取って、悪どく稼ぐことなど気振りにもみせなかった。

あやしい薬を処方して稼いでいる医者は、江戸にはたくさんいたが、そんな気はさらさらない。

医者としての評判の裏にはもうひとつの顔もあった。髭面《ひげづら》に総髪では、清潔感など微塵《みじん》も感じさせないが、独庵はそんなことは全く気にしていない。辺幅《へんぷく》を飾らないところは、誤解を生むだろうとすずには思えた。しかし、これだけ腕の立つ医者がなぜ、仙台藩からやってきたのか、いまだに理解できずにいた。

独庵は両手を天井に向け、大きく背伸びをすると、お辞儀をするように上体を前に倒してから「よし」と一声発した。十徳《じっとく》に袖を通して羽織ると、狭い廊下に出た。板座敷まで行くと胡坐《あぐら》をかいて座った。上がり框《かまち》で待っていた女の顔を見るなり、親しげに話しかけた。

「お待たせして申し訳ない。お久しぶりではございませぬか、志乃さん、して、なんでございましょう」

「ご無沙汰しておりました。今夜はどうしても、相談にのって欲しいことがありまして、まいりました」

「こんな遅くにいらっしゃるとは、よほどのことでしょうな」

長年医者をやっていると、患者の表情や態度で何を訴えているのかわかってくるものだ。とくに独庵の洞察力には比類がなかった。

一瞬にして志乃の身体《からだ》のことではないとわかった。

「ま、上がってくだされ」

志乃を奥にある診察室に招き入れた。診察室といっても、座り机がおいてあるだけの部屋で、医者の診察室にはまったく見えない。

普段は徒医者《かち》として、よく往診をしているが、診療所で患者を診ることも多々あった。

襖《ふすま》の隙間から時折ヒューと風が入ってくる。

「まったく奇妙なことが起こりまして、内緒で先生にぜひご意見を承《うけたまわ》りたいのです」

「なんでございましょうか」

「じつは、主人の徳右衛門《とくえもん》のことでございます。最近、歳のせいか以前ほど元気がなくなっていたのですが、なにを思ったのか、このところ急に薪割《まきわ》りを始めました」

「扇橋屋の旦那が薪割りとは、どういうことですかな。ご商売柄、材木はたくさん扱うでしょうが」

木場《きば》にある扇橋屋は、江戸でも有数の材木問屋だった。

「主人はこれまで薪割りなどやったこともなかったのですが、明六つ（六時）になると、薪割りを始めるんです。下男に薪を荷車一台分運ばせて、かたっぱしから割るんです。それが延々昼九つ（正午）あたりまで続きまして、昼餉《ひるげ》をさっと食べると、また休まずに薪割りです」

「ほほう、お年によらず、なかなか御精《ごせい》がでていいではないか」

笑いをごまかすように髭をなでた。

「先生、面白がってもらってはこまります」

志乃はむっとした。

「そうか、そりゃそうじゃな」

それでもまだ独庵はにやにやしている。

「しかし、まあ、なぜ扇橋屋の旦那が、薪割りなど始めたものだろうか」

「わたしにも、わけを言わないんです。このままやらせておいたら、とてもからだが持ちません。きっと惚《ほう》けてしまったんです」

「いやいや、いままで仕事をしていたのだから、そんなに急に惚けるなどないであろうよ」

「独庵先生、ぜひ、いちど主人のお診立てをお願いできないでしょうか」

「わかりました。伺って診てみましょう。ところで……」

「わかっております」

志乃は風呂敷から包みを差し出した。

「これはお手着《てつ》けということで、また往診が終わりましたら、お礼のほうは改めて」

「はは、かたじけない」

独庵は京都の山脇玄脩《やまわきはるなが》の門人となって医学を学び、長崎に一年遊学して、古方派（漢方）の医学だけでなく、西洋医学も心得ていた。

独庵は自分の医者としての技術を測る基準は、金しかないと思い定めている。とくに扇橋屋のような裕福な商人からは、しっかり金を取ることに、なんのためらいもなかった。

2

濃い紫色の小さな実をつけた、こむらさきが風で揺れている。

扇橋屋から迎えの駕籠《かご》が来たのは風の強い明六つで、あたりはまだ薄暗かった。

独庵は羽織の上に袷羽織《あわせばおり》を着込んで、四枚肩《しまいがた》の駕籠に乗り込んだ。

風に抗《あらが》いながら駕籠屋は、ゆっくりした足取りで進んだ。

両国橋《りょうごくばし》を渡って、竪川《たてかわ》沿いにしばらく行くと、二ッ目之橋《ふためのはし》の手前に、立派な黒塀で囲まれた扇橋屋の屋敷があった。

店は木場にあり、この屋敷に住むのは扇橋屋の主人徳右衛門と妻の志乃と使用人数名だった。

門前には使用人が待っており、あたりの目をはばかるようにして、駕籠から降りた独庵を招き入れた。

医者が来るところをみられれば、主人が病気とすぐ噂《うわさ》が立つ。それを嫌ったのだろう。だからこんな早朝に呼んだのだ。

潜戸から頭を低くして入った。石灯籠がいくつも並んだ道を、飛び石に足をとられながら歩くと、玄関があった。

以前、何度か屋敷に来たことがあったが、来るたびに玄関に置いてある置物が替わっていた。

和蘭《オランダ》から手に入れたのか、大きな器が黒檀《こくたん》の台に置いてある。鍋の形のギヤマンだった。

玄関を上がり、奥に通された。庭に面した障子を開ける前から「えいやー」と何やら威勢のいい声が聞こえてくる。

使用人がすっと障子を開ける。

カーンと空気を切り裂くような音がして、割れた薪が周囲に飛び散り、欅《けやき》の薪割り台に斧《おの》が突き刺さった。

「おや、独庵」

徳右衛門は先生とは言わない。それだけ懇意であることを示したかったのだろう。

「どうなされた。早朝から薪割りとは。励みますなあ」

問い詰めるような気配を見せずに言う。

「いやいや最近、からだがなまってきてのう。力を付けないとこのままではジジイで死んでしまいそうなのじゃ」

風の吹き付ける中、上半身は裸である。思いの外恰幅《かっぷく》がいい。

「そんな薪割りなど、若い者にまかせればよいではないか。扇橋屋ともあろう者が」

独庵がからかうように言っても、徳右衛門は真剣な目をしている。

「その緩んだ心がいかんのだ。まだまだわしも仕事をしないといかんのでな」

そう言うと、また薪割りを始める。

やおら腰を上げた独庵は、沓脱石《くつぬぎいし》にあった下駄をつっかけ、庭に降り立ち、徳右衛門にすっと寄ると耳打ちした。

「何かござるのか」

「いやなにも」

「いやいや独庵の目には、わかっておりますぞ」

独庵はじっと徳右衛門を見た。

「なにもないと言うのに」

「はは、徳右衛門さん、だれにも言わぬ。医者はけっして患者の秘密は口にいたしません」

いっとき間があり、観念したように、

「かなわぬな。独庵には」

徳右衛門は斧をふたたび薪割り台に突き刺すと、独庵をうながして、縁側に座り込んだ。はだけた上半身からは汗が噴き出している。上ってきた日差しが朝の寒さを追いやっていく。徳右衛門は手ぬぐいで汗をぬぐうと、

「これだよ」

前にかかんで腹の横を独庵にみせた。

「ほう、腫れ物でござるな」

「実はな、先日、奥医の済生《さいせい》先生に診てもらったら、これはもう治らぬ、これからは好きなことをしろと言われた。まあ、この歳ではそれほど先もないから、死ぬなら死ぬでいいのだが、もっとやっかいなことが起きおってな」

「死の病より大変なこととは、いったいなんのことだ」

「沖津《おきつ》藩のな、藩主の堀田《ほった》様に貸した金が戻ってこんのだ」

「大名貸しなど、危ないことはわかっておろうが、徳右衛門さん」

「その通りじゃが、景気のいい時期でつい魔が差したのだ。大名貸しは元手は捨て金、利子が得られればいいと言われている。相手を見て貸したのだが、あまりに多額になってしまった。そこにもってきて、本業の材木屋も、いまうまくいっておらず、どうしても貸した元手が入り用になってな。これが戻らぬと扇橋屋は立ち行かなくなる」

「それは大変なことではないか」

「そうなるとわしの残せるものは、はて何かと思ってな。世話になりっぱなしの女房に何ができるかと案じていたら、わしが死んだあとも、一生使える薪ぐらいは残してやろうと思ったのだ」

独庵は、内心、徳右衛門は志乃の言う通り、惚けたのかと疑った。

「薪を買う金ぐらい残せばよかろうが、徳右衛門さん」

「いや、扇橋屋が貸し倒れになれば、金目のものは、みんなもっていかれてしまう。まあ、薪ならもっていかれることもなかろうと思ってな」

「それで朝から薪割りか。なかなか考えたな」

独庵はどれどれと言いながら、徳右衛門の腫れ物に手をやった。

独庵は大声で笑いだした。

「徳右衛門さん、あの藪《やぶ》医者の言うことを信じるのか。町の者ならだれでも済生先生が天下の藪医者であることは知っておるぞ。それに人はこんなものでは死なん」

「まことか」

「これはただの脂の固まりだ。うちの代脈《だいみやく》の市蔵《いちぞう》でも、それくらいの診立てはできるぞ」

「では、治るのか」

「治るもなにも、放っておけばいい」

徳右衛門は、呆然《ぼうぜん》として口を開けたまま動かない。

「まあ、天下の扇橋屋ともあろう者が、そんな診立てを信じるとは思えぬ。わしの目を節穴と思うたか。徳右衛門さん、そんな藪医者の言うことは端《はな》から信じてはおらんのだろう」

独庵は徳右衛門の嘘《うそ》を簡単に見抜いた。

徳右衛門は頭をかいた。

「さすが、独庵にはかなわぬわ」

独庵は座敷から様子をうかがっている志乃にさとられぬよう、身を寄せると、声を落として言った。

「さて、本当はなぜ薪割りをしているのだ」

「独庵の心眼にはかなわぬ。座敷にあがりますかな」

徳右衛門は志乃のほうに目配せしてみせた。志乃はそれを察した。

「お茶をお持ちしますので、独庵先生、どうぞこちらへ」

独庵はうなずき、徳右衛門と一緒に庭に面した座敷に入って障子を閉めた。

志乃がお茶を置いて座をはずした。

床の間を背にした独庵の正面に徳右衛門が座り、うつむき加減で話を切り出した。

「実は果たし合いがあってな」

「はて、果たし合いとはなんだ」

「だから果たし合いじゃよ」

「何を言っておる」

「これは志乃に内緒に願いたい。佐賀におったころ、志乃には好きな男があってな。上野《うえの》の下谷広小路《したやひろこうじ》で、いまは『末松《すえまつ》』という呉服屋をやっている君脇宋鉄《きみわきそうてつ》という男でな、恋仲だったそいつから、わしがむりやり奪ったんじゃよ」

「いったい、何年前の話なのだ」

「かれこれ四十年も前の話だ」

「宋鉄が江戸に来たことは知っておったのか」

「わしは宋鉄より先に江戸に来て商売をしておった。宋鉄が佐賀から江戸に出て呉服屋を始めたばかりのとき、同じ佐賀の出ということもあって、わしのところに一度だけ挨拶にきたのだ」

「挨拶に来るくらいなら、恨みなど持っておらんであろう」

「そんなことはない。そのときでもお互いに腹の中ではいろいろあってな。表に出さないだけのことだった」

「そうだとしても、四十年も経って、なぜいま果たし合いになるのか。まったくよくわからんな。いい年して何を考えているのだ」

「いやいや、もう老先も短い、材木問屋もうまくいっていない。であれば、果たし合いで斬られて死んだほうがいいと思ってな」

「徳右衛門さんは以前、佐賀藩の武士だったな」

「そのとおり。父は武士だった」

「うむ」

「今は商人《あきんど》とはいえ、最後は綺麗《きれい》に死にたいと思ってな」

「ばかばかしい、いまさら恋敵と争っても、どうにもなるまい。だいいち相手にとって大迷惑だ。徳右衛門さん、いくつになった。六十を過ぎて果たし合いか、昔の恋敵だけでは納得がいかん」

「そう思うのも、もっともだな。果たし合いはな、宋鉄からの申し出なんだ」

「それを受けたというのか。若い時、宋鉄とどういう仲だったのだ」

「君脇宋鉄は、昔道場で剣術を習っていたときの知り合いだ」

「なるほど剣友というわけか」

「志乃はその道場の娘だったのだ」

「志乃どのは、いまも美しさを保っておるから、若いころはさぞかし美人であっただろうな」

徳右衛門は真顔で続ける。

「志乃に宋鉄が惚《ほ》れていて、わしも志乃に惚れてしまった。あとは想像どおりじゃ」

「結局、宋鉄から志乃さんを奪うようにして嫁にしたというのだな」

「簡単に言えばそういうことになる」

「恋敵はわかったが、だが、なぜ今なのだ。宋鉄というお人の心は、わしにはまだよくわからんが」

「実は宋鉄も重い病に冒されているようなのだ、果たし状にそのようなことが書かれてあった」

「病で死すより、果たし合いでの死を選びたいというのだな。わからぬでもないが、徳右衛門さん、歳を考えたほうがいい。おぬしが斬られるかもしれん」

「だからじゃ。だから薪割りをして筋力を鍛えておるのだ」

「おかしな話だ。斬られたいなら、鍛えることはなかろう」

「いや、無力で戦っては、宋鉄に申し訳ない。あくまで武士としての果たし合いをするには、剣の技を磨く必要がある」

「斬られ方というのがあると言いたいのか」

「そんなところだ」

徳右衛門は頷《うなず》きながら、障子を開けた。庭に置いてある妙な格好の薪を指さして言った。

「あの薪を見てもらいたい」

「ずいぶん妙な形をした薪だのう。三つ股にわかれておる」

「あれは曲者《くせもの》といってな、そう簡単に割れないのだ。あれを一撃で割れば、一人前。まさかいまさら剣術の稽古ともいかんであろう、志乃の手前もある。だから薪割りで剣の勘を取り戻しているのだ」

「なるほど、そうであったか。死病を前にして恋敵との最後の決戦か。確かになかなか面白そうな話とも言える。で、それはいつなのだ」

「あと半月後だ」

「ならば、まだ鍛えようがあるのう」

独庵は徳右衛門の言葉を鵜呑《うの》みにしたわけではなかった。しかし、いかにも真剣に薪割りをする姿から、まんざら嘘でもないのかもしれないと思った。

独庵は何かを思いついたのか、「そうか」と呟《つぶや》くと、すっくと立ち上がった。

帰り際、志乃が心配げに訊《き》いてきた。

「どんなものでしょうか」

「惚けてなどおらんぞ、志乃さん。立派な亭主だ。安心せい」

それだけ言い放つと、そそくさと玄関を出て、駕籠に乗り込んだ。

3

ここ数日晴天が続いた。

診療所の中庭に、雪駄履きで出た独庵は、諸肌《もろはだ》を脱いだ。やおら真剣を抜くと、馬《ま》庭念流《にわねんりゅう》で学んだ基本の形をなぞった。

元々馬庭念流は護身術が本位であったが、独庵はそれに攻撃性を加味していた。

「三本」

と発した一瞬、刃風がして、松の枝先がハラハラと宙に舞い、地面に落ちた。

「ほんとだ。三本落ちている」

眺めていたすずが言った。

「医術と剣術は通ずるところがある。ある種の決断と実行する力とでも言うか」

「難しい話はわかりませんが、先生は剣術も使えるのですか」

「こう見えても仙台藩におったときは、馬庭念流の指南役であったからな」

「えっ、先生はお侍さんだったんですか」

「いや、わしはあくまで医者だ。もとより人を斬るのは医者の仕事ではない。こうしてただ腕がなまらんように筋力を鍛えているだけだ」

上半身は筋肉が肩から盛り上がって、鍛え上げた肉体から湯気が立ち上っていた。

すずはぽかんと口を開けて見ている。普段の独庵からは想像もつかない姿だった。

久米吉《くめきち》が庭に出てきた。

「おお、いいところに来た」

久米吉は尾張《おわり》藩のお抱え絵師だったが、もっと自由に絵を描きたくなって江戸に出て来た。浮世絵からふすま絵まで、なんでもこなす器用な男だ。それだけにいろいろな家に入り込んで、様々な噂話を聞きかじってくる。何かと便利な男だった。

ほっそりした顔立ち、なかなかの色男だ。一方で忍者顔負けの機敏な動きもみせる。

「なんでございましょう」

「呼び立ててすまんが、上野下谷広小路で『末松』という呉服屋をやっている、君脇宋鉄という男を調べてくれ」

「わかりました」

久米吉は余計なことはいっさい訊かない。そう返事をするなり、風のような身のこなしでその場から消えていった。

独庵は再び、剣を上段に構え、斬り込んで見せた。剣が地面に当たる寸前で、ピタリと止まり、次の瞬間には剣は鞘《さや》の中にあった。

4

久米吉は君脇宋鉄の呉服屋にいた。

上野広小路に面した呉服屋にしては、ずいぶん貧相な店だった。

この大通りは明暦《めいれき》三年（一六五七）の大火事のあと、防火のために作られた火除《ひよ》け地だった。上野寛永寺《かんえいじ》につづく御成道《おなりみち》で、沿道に料理屋などが立ち並び、一帯は江戸有数の繁華街だ。『末松』は周囲の大きな店に比べると、呉服屋には見えないほど地味な店構えだった。

軒先の看板も、文字がかすれて見えなくなっている。

普通なら板に文字彫りして墨を入れてあるのだろうが、ただ筆で書いてあるだけだ。雨風にさらされて、かろうじて『末松』と読めた。

呉服店とは名ばかりで二間ほどの間口しかなく、おいてある品数もずいぶん少ない。

「これはいらっしゃいませ」

「お仕立てでございましょうか」

六十歳前後と思われる宋鉄は、白髪で黒ちりめんの長羽織だ。気骨のある顔で、長年商売をしてくれば、自然と身につくであろう腰の低さを感じさせない。

「手前、絵師の久米吉と申します。ふすま絵から錦絵まで手掛けております。このたび、一念発起しまして、ぜひ、『末松』さんの呉服の模様絵を描いて、商いに使ってもらえればありがたいと思い、伺った次第です」

初対面の久米吉は自分を売り込もうとするが、宋鉄はまったく興味がないそぶりだった。

「せっかくのお話ですが、うちはもうこの通り、店じまいをしようかと思うくらいでして」

久米吉は店の中を見回してみた。

「おや、それはもったいない。なかなかの老舗《しにせ》に見えますが」

「ありがとうございます。粗茶でございますが、どうぞ」

上がり框に腰掛けている久米吉に、宋鉄が茶を出した。

久米吉は茶碗《ちゃわん》を持って、しばらく眺め、手触りを見て、

「いいですね、唐津《からつ》でございますな。それも斑《まだら》唐津ではございませんか」

「ほう、よくおわかりで」

それまでは、久米吉から遠ざかるように座っていた宋鉄が、ぐっとからだを乗り出してきた。

「手前も絵師のはしくれ、陶器に多少の興味もありまして」

「いやいや、持っただけで、言い当てるとは、なかなかの眼力でございます」

「唐津といえば肥前《ひぜん》、何か関わりがおありで」

久米吉はそれとなく探りを入れる。宋鉄は江戸の人間に唐津焼をほめられて、うれしかったのか、聞かれもしないのに自分の身の上を語りだした。

「実は先代は肥前佐賀藩の家中でございまして」

「それはそれは」

「先代の故郷の佐賀藩には長崎街道《ながさき》がありまして、長崎から入ってくる和蘭からの荷を運ぶ重要な大道でございます。その長崎街道の轟木《とどろき》宿に、父が作った末松という呉服屋がありました」

「そこから江戸にでてきたとおっしゃる」

「私の代になりまして、江戸で商いを始めさせていただいたというわけです」

「しかし、武士の父上がなぜ商人に」

「武士といいましても先代は手明槍《てあきやり》といいまして、普段から畑仕事もやります。蔵米から禄《ろく》を支給されておりましたが、生活は厳しい。それでも私も武士の子でしたから、一応剣術など習っておりました。ところが、父が急に呉服屋を始めると言いだし、武士から商人の道を選んだというわけです」

「地方の藩はなかなか内証が厳しいとは聞いておりますが、実際にそのようなことがあるのですね」

「さようでございます。だから佐賀城下には苗字《みようじ》を持った商人が少なくないのです」

「ご苦労なさったのですな。それではますます店仕舞いは、もったいのうございます」

「いや、実は他にもわけがありまして」

急に宋鉄の口が重くなった。

「そこまでおっしゃって、気になるではありませんか」

「しかし、自分一人のことですし……」

「まま、そう言わずと、こう見えても、顔も利きますので、何かお役に立てるかもしれませんよ」

久米吉はすかさず畳みかけた。久米吉が入店してからすでに半刻《はんとき》（一時間）は経っているだろうが、客が入ってくることはなかった。

「初めてお会いした方に、落ちぶれた商人の相談ごと、まことにもって申し訳ない」

「いやいや、こうしているのも何かの縁でございます」

久米吉の物言いに偽りはなかった。久米吉の気持ちに押されたのか、宋鉄がまたしゃべり始めた。

「実は私はいま病に冒されておりまして」

「それは大変なことで」

「吐逆《とぎゃく》がでて、黄疸《おうだん》があり、さらに腹の一部が腫れているのです」

「医者はなんと言っているのですか」

「治らぬ病と言われております」

「どんな医者に診てもらったのですか」

「はあ、金もないもので、近くの町医者に診てもらっただけで」

「それはまずいですな」

「そうは言われても、この歳ですから、そろそろもういいかと」

宋鉄の顔色の悪さは、病のせいだったと久米吉は合点が行った。

「私の知り合いにいい医者がおります。ぜひ、そのお医者に診てもらってはどうですか」

「いやとんでもない。金子《きんす》もないので」

宋鉄は首を横に振った。

「いやいや金子のことはご心配無用です」

宋鉄はひどく金のことを心配しているようだった。

「初めて会った方に、そんなご心配をかけては申し訳ありません」

「いやいや、ここまで聞いてこのままにはできません」

宋鉄は肩で息をして、長く話しているのも、辛《つら》そうに見える。

「これは気付かずに申し訳ない。長居をしてしまいました。茶まで出していただき、ありがとうございました。礼と言ってはなんですが、手前が下絵を描いた錦絵を置いてまいります」

　久米吉は風呂敷から一枚の絵を取り出した。隅田川《すみだがわ》を背景に傘をさして、雪見をしている女の錦絵だった。

「なんと粋な錦絵でございましょうか。これをいただけるんですか」

「こんなものですが、喜んでいただければ」

　そう言いながら久米吉は立ち上がって、深々と頭を下げた。店を出るや、独庵のところへ急いだ。

5

「先生、いつも思うのですが、薬箱が重すぎはしませんか」

　独庵は弟子の市蔵に薬箱を持たせて、往診から帰るところだった。

「ばかを言うでない。どんな場合でも、病を処置できなければならない。薬箱が重いと思うなら、もっと筋力を鍛えよ」

　早足で歩く独庵に、重い薬箱を持ってついていく市蔵はいまにも転びそうである。

それでもなんとか踏ん張っている。

独庵は診療所まで来ると「帰ったぞ」と、すずに聞こえるように大声を出しながら門を入っていく。

しかし、上がり框に置いてある風呂敷包みを見た瞬間、いままでの元気のいい独庵の動きが、急におとなしくなった。

「おかえりなさいませ」

足を洗う湯の入った桶《おけ》を持ってきたすずは、独庵のこわばった表情を見て、こらえきれず、思わず顔がほころんでしまった。

「なんだこれは」

すずは独庵がわかっているはずなのに、聞いてきたので、とうとう声をだして笑ってしまった。

「笑うでない。すず」

「はい」

「お菊《きく》が来たのだな」

「そうでございます。お上がりくださいと申しましたが、別用があるとおっしゃり、この風呂敷包みを置いて、お帰りになりました」

独庵の妻、お菊は品川にある仙台藩の下屋敷に住んでいた。お菊は独庵より十歳も若い。最初の妻は結婚して二年目で亡くなっていた。そのあとは独身でいいと思っていたが、国元の留守居役から医者が独身では世間体が悪いなどと言われ、しかたなくお菊と結婚したのだ。

そんなこともあって独庵は江戸で開業するには、自分一人で充分と言い放って、お菊を仙台に置いてきた。しかし、江戸表に出てきたお菊は、ときに突然、独庵のところに現れた。それはまるでお目付役のようだった。

風呂敷に染め抜かれた丸に花立葵《はなたちあおい》の家紋で、すぐにお菊だと独庵はわかっていたのだ。

独庵は足を桶に入れて洗っている。すずが差し出す布で足を拭くと、風呂敷はそのままにして、奥の部屋へ行こうとする。

「先生、この包みを開けないのですか」

「おまえにやる。食べていいぞ」

中身はいつもの握り飯だと、独庵にはわかっていた。お菊は必ずこうして、握り飯を置いていくのだ。

「ありがとうございます」

すずはうれしそうに、市蔵に一緒に食べましょうという顔をしてみせた。

「いやいや、私もいらん」

独庵が食べないと言ったからといって、弟子の市蔵としては、はいそうですかとい
ただくわけにもいかなかった。

市蔵は薬箱を持って診察室に入った。

「独庵先生」

独庵が往診の薬箱の整理をしているところに久米吉の声がした。

「久米吉、どうであった」

「へい、宋鉄という男、なかなか興味深い商人でございました」

久米吉は独庵の座り机の正面に座った。

「驚いたことに、宋鉄の父親は佐賀藩の武士でございました」

「そうであったか」

徳右衛門からは宋鉄の父親のことまでは聞いていなかった。

久米吉は宋鉄から聞き出した話を詳しく、独庵に告げた。

「なるほど、問題は病のほうだな。吐逆がでて、黄疸とは。それに腹の一部が腫れて
いるのだな。腫病《はれやまい》だ」

この時代、内臓の病気は検査をする方法もなく、解剖学の知識もまだ十分ではなかった。

「町医者に一度診せただけのようで、治らぬ病と言われています」

「なかなかやっかいそうだが、一度わしが診てみるか」

「ぜひ、独庵先生のご高診をお願いできればと思っております」

久米吉が語気を強めて言った。

「どうした、宋鉄を気に入ったのか」

「はい、ただの商人とは思えないのです。店はいまにも閉じてしまいそうでしたが、質素でどこか武士の心意気を感じてしまいました」

「久米吉がそうまで言うとは、なかなか面白そうな男ではないか。わかった、往診してみるか」

6

宋鉄のところに往診に出かける日だった。

玄関の引き戸を、勢いよく開ける音がした。上半身が血だらけの市蔵が若い男を連れて診療所に飛び込んできた。市蔵の指は若い男の左のふくらはぎをしっかり押さえたままだ。

「先生」

診療所に市蔵の声が響く。

すずは何をしていいのかわからず右往左往している。若い男の足から血が土間にしたたり落ちている。次第に若い男はぐったりとしてきた。

「すず、湯を用意せよ」

「はっ、はい」

いつの間にか独庵が市蔵のそばに立っていた。

「どうした」

「はい、道で浪人に斬られたようです」

独庵は若い男に声をかける。

「名はなんという」

「いな、きち」

なんとか声をだしたが、すぐに目を閉じてしまう。

「市蔵、手をどけろ」

「できません」

「なんと、縫合せねば死ぬぞ」

「だから、できません」

市蔵が独庵に逆らった。いつもとは違う市蔵の気迫に独庵は驚いた。

「馬鹿者、早くせねば」

言い合っている間に、土間はじわじわ血の海になっていく。

「私がここで指を離せば、血があふれ出て、この男は死にます」

「だから、縫うしかないであろう」

「私の指も一緒に縫ってください」

市蔵は真剣だ。

「何を言うのだ。市蔵、気は確かか」

「はっ、先生、わかっております。だからこうして押さえております。大八車に載せてここに来る間も、少し指をずらしただけで、凄《すご》い量の血が出てきました。だからこのまま押さえておりますので、一緒に私の指も縫ってください」

「わからん奴《やつ》だ。本当に縫うぞ」

独庵はすでに針と糸を持っていた。

「かまいません。私の指と一緒に縫って血が止まってから、糸を切ってください」

「よし、わかった。すず、湯につけた布を渡せ」

「はい」

すずが乾いた布を熱湯につけて、独庵に渡した。独庵は市蔵の指の上から傷口あたりをさっと拭き、迷うことなく、稲吉《いなきち》のふくらはぎに針を刺した。と、同時に市蔵は土間に転がっていた。

市蔵には何が起きたかわからなかった。

独庵は指で稲吉の足の出血を押さえるや、一瞬にして三針、傷口を縫合した。独庵の傷を縫う早さはまさに神業だった。

「先生、どういうことですか」

「先生があっという間に、傷を縫ったのです」

そばにいたすずが、独庵に代わって返事をした。

「そんなばかな。一瞬ではないか」

「そうですよ、市蔵さん。一瞬だったのです」

「そんなに早く縫えるとは」

まだ市蔵には信じられなかった。すずは傷に乾いた布をあててしっかり縛っている。

「市蔵、立派であったぞ。自分を捨て、患者を救う、いい医者じゃ。もうよい、あとはすずに任せろ。着替えて来い。往診だ」

独庵の言葉は厳しかったが、珍しく満足そうだった。


空はどこまでも高いが、風が強く肌には冷気がきつい。

道案内となった久米吉が先を行き、独庵があとについた。何事もなかったように、市蔵は重い薬箱を持って後を追う。

浅草の独庵の診療所から、宋鉄の上野広小路の店まで四半刻（三十分）くらいかかった。

往診では、これくらい歩くことは珍しくなかったので、独庵にしてみれば億劫《おっくう》でもなんでもなかった。

「ここでございます」

宋鉄の呉服屋『末松』の前で、久米吉が足を止めた。

「なるほど、けっして繁盛しているようには見えぬな」

独庵は狭い間口の店に入っていく。

「ご主人はいらっしゃいますか」

久米吉が大声をだした。独庵と市蔵があとに続いた。

間があって、奥からゆっくり宋鉄が出てきた。

「おお、久米吉さん」

宋鉄はそういいながら、久米吉の横に立っている総髪の独庵を怪訝《けげん》な顔で見た。

「失礼した。私は医者の独庵と申す者で、久米吉から、そちらの病のことを聞きました。一度診せていただければ、お役に立てるのではないかと思い、やってまいりました」

「いやいや申し訳ない。わしのような老いぼれが、ご高名な独庵先生に診てもらうなどもったいないことで」

宋鉄は店座敷に正座して、頭を深々と下げた。

「いやいや、そんなことはしないでくだされ、往診のついでに回ってきただけのこと、ご心配なさらずに。もちろん診察代もいりませんので、ぜひ一度診せてもらえないかと」

「それでは、あまりに」

宋鉄が首を振った。

「そんなことはいわずと、ささっ」

独庵は勝手に上がって宋鉄の前に座った。頬はこけて、息も上がっている。あきらかに様子はよくない。

独庵は横に座ると、宋鉄の手首をとって脈を診た。脈は弱く時々不整が出ている。

「では腹を診ましょう」

独庵は宋鉄を寝かせると、着物をはだけて、腹を触ってみる。確かに腹の右側の上の部分が硬く触れる。

「押すと痛いかな」

「いえ、痛みはそれほど」

この時代、まだ肝臓などの臓器の位置や働きはよくわかっていない。癌《がん》だとしても、表面に出てくる皮膚がんのようなものでなければ、診断すら難しかった。

しかし、独庵には自分の頭の中に描く人体の姿があった。それは和蘭の医学書から学んだもので、この腫れは肝臓あたりにあるとは理解できた。腫れたところは周囲に張り付いているようで、動かなかった。

「確かに腫れ物がありますな。これであれば人参《にんじん》など試してみる価値はあります」

「とんでもない。人参のような高価な薬を買う金などございません。いまはむしろ死に方を考えているくらいです」

「なにをおっしゃる。まだ治療の余地はあります。それとも、果たし合いで死にたいと」

　宋鉄の顔つきが一変して険しくなった。

「なぜそれを」

　独庵の顔をまじまじと見た。

「実は、徳右衛門さんから聞いておったのだ」

「なんと、徳右衛門から」

　宋鉄は驚きを隠せない。

「徳右衛門さんが、果たし合いをやると言い出したので、私がなんとか止めようと思ってな。お二人ともそんなにあせらずとも、迎えが来るのもそう遠くないであろうに。なぜそんなことになったのか、解せない」

「で、久米吉さんも、独庵先生が差し向けたということですかな」

「そうなのだ。わしが、宋鉄さんのことを知りたくて、まずは久米吉に顔をださせたのだ。申し訳なかった」

「なるほど、そういうことでしたか」

　宋鉄は怒るでもなく、妙に納得している様子だった。

「失礼ながら徳右衛門さんも宋鉄さんも、なぜこの歳になって、果たし合いをしなければならないのだ」

「お恥ずかしい限りですが、いろいろ事情がありましてな」

「どんなわけがあるにせよ、お二人のいまの歳で、果たし合いなど、賢明とは思えぬ。何か別の深いわけでもおありか」

独庵の真摯な態度に、しばらく考え込んでいた宋鉄が、ゆるゆると口を開いた。

「久米吉さんからお聞き及びとは思いますが、父は佐賀藩の家中でございました。武士と言いましても手明槍でしたから、半分、農業もしておりました。次第に扶持《ふち》も減りまして、生活していくのが大変となり、父は呉服屋を始めたのです。なぜ呉服屋かは私も知らされておらないのですが、私が二十五歳のときに、長崎街道沿いに呉服屋を始めたのです。私としては、武士を捨て商人になるということに納得がいっておりませんでした」

「それはそうでしょうな。いまでもその気持ちがおありなのですな」

「もちろんでございます。だからこそ徳右衛門に果たし合いを申し込んだのです」

「しかし、武士への心残りはわかりますが、果たし合いがどうつながるのか、わかりませんな」

「そうでしょうね。実はわけがございます」

独庵は宋鉄が果たし合いをする、本当のわけを知りたかった。

「なんでございますか」

独庵は身を乗り出して訊く。

「私がまだ佐賀におりました二十二、三歳のころです。徳右衛門は、私よりひとつ若いが、まあ同じ年頃だった。ともに神野東町《こうのひがし》の松波《まつなみ》道場に通っておりました。佐賀は柳生新陰流《やぎゅうしんかげりゅう》の流れを汲《く》む肥前柳生流で、剣術が盛んでした。そこでなかなか腕の立つ徳右衛門に会って、意気投合しましてな。いろいろ悩みを話し合い、気心の通じ合う友人となったのです。というのも、二人とも父親が武士から商人になっていたので、そのあたりも話が合ったのです」

そこまでいうと、宋鉄が一瞬ためらいをみせた。

「実は松波道場の師範の娘が、徳右衛門の奥方となった志乃さんです」

「なんと志乃さんは師範の娘だったか」

独庵は徳右衛門から聞いて知ってはいたが、驚いてみせた。

「なかなか気だてのいい娘で、実は私も志乃さんのことが好きになって、徳右衛門と取り合いのようになりましてな」

「恋敵だったとか」

「はあ、そんなところかもしれません。じゃが、それだけではないのです」

「と申しますと」

独庵はすっかり宋鉄の話に聞き入ってしまった。

「志乃さんが徳右衛門と婚姻した理由は、何も徳右衛門に惚れたということではないのです」

「よくわからぬが」

「つまり、道場の金巡《まわ》りが悪くなり、師範が借金をしないといけなくなったのです。将軍家指南役の柳生新陰流の流れを汲む肥前柳生流ですから、それを途絶えさせてしまうわけにはいかない。徳右衛門の父上三郎《さぶろう》どのは材木屋として佐賀でも有名なほど財をなしていました。そんなとき、三郎どのが、道場に金を貸す替わりに、志乃さんを嫁に欲しいと願ったわけなのです。三郎どのは、志乃さんを以前から気に入っており、是非とも徳右衛門の嫁にと思ったのです」

「なに、借金のかたに志乃さんを徳右衛門さんがもらったとな」

「そういうことでございます」

「そんな話だったのか」

「私はそれが許せないのです。そもそもは武士。それが商人のように金で話をつけるとは」

「しかし、徳右衛門さんにも言い分があるかもしれませんぞ」

「志乃さんが不憫《ふびん》でならなかった。恋敵でもあったが、借財のために嫁す、そのことがずっと私の心の傷でもあった。以来、徳右衛門とは絶交状態のまま過ぎたのです」

「だが、宋鉄さんもいまは商人ではないか。いまさら果たし合いでもなかろうに」

「いや、実はもうひとつわけがあって」

「なんとまだわけがあると」

「私の父が佐賀で始めた呉服屋は一時はよかったのですが、店を大きく広げてからうまくいかなくなりました。だんだん借金を抱えるようになり、徳右衛門の父上から借金をして、結局返せないまま店を閉じてしまったのです。父は店を閉じた半年後、苦労が重なったのか病で死にました。私は仕方なく江戸へ出てなにか仕事をしようと思ったのです。それがこの呉服屋というわけです」

「ずいぶんご苦労なさったわけですな」

「徳右衛門の父上を恨むのは筋違いと重々承知していますが、父を失い、世間体もあり、佐賀を捨て江戸に出なければいけなくなった。あのときもう少し助けてもらえればと思ったのです」

「自分が選んだ道ではなかった、というわけですな」

「そんなことで、徳右衛門にはいろいろ含むところがあるわけです。だからこそ、すべてを清算するために、商人でなく武士として最後は死にたいのです」

「斬られて死にたいと」

「そうは言っていない、武士としての最後の生き方を示すために、果たし合いで決着をつけたい」

「ご決心は固いようだな」

「はい」

宋鉄はそう言うが、そこには治らぬ病のこともあるのだろうと察した。

「よくわかりました。ただ、果たし合いのことは私にはよくわからんが、医者としてあなたの病をなんとかしてみたい。少しでもよくする、それが医者の役目だ」

「いけません。人参のような高価な薬を購《あがな》う金はない」

独庵は制した。

「いや、そのことは案じなくてよろしい。私がなんとかする」

宋鉄はまだ納得していない表情だったが、独庵はすでに思いは決めていた。

「ながながと、おじゃましました な。いろいろなこと、よくわかり申した。今度は治療をしにまいりますので」

独庵は宋鉄が治療を拒んでいるのは十分にわかっていたが、自分のやるべきこともわかっていた。土間に降りて、久米吉に目をやり、そのまま外へ出た。

「甲州《こうしゅう》屋へ行くぞ」

「へい」

久米吉と市蔵はだまって後に従った。

7

思いつくと独庵は行動が早い。

久米吉には独庵が甲州屋へ急ぐわけは想像がついた。

神田川《かんだがわ》沿いの柳原《やなぎわら》通りにある甲州屋は、いまでいう商社のような役目をしている。和蘭と貿易をするときに必要な品などを幕府に卸していて、莫大《ばくだい》な利益を上げていた。

長い板塀が続き、どこに門があるかわからないほどだ。普通の商家には許されない門の際には、門番が立っていて、まるで大名屋敷のようである。

独庵は顔見知りの門番に「急ぎ、主人に会いたい」と言い放つと、さっさと中に入っていく。門番の返答などまったく気にしていない。

久米吉と市蔵が小走りに後を追う。

玄関まで行くと、

「大旦那はおられるか。独庵だ」

大声を張り上げた。奥のほうから、

「独庵先生か」

とざらついた声がする。

「おう、急に押しかけて、すまん」

と言うやいなや、雪駄を脱ぐと、廊下をどんどん進んで行く。

甲州屋の主人伊三郎《いさぶろう》は庭で植木の手入れをしていた。

「どうなさったかな」

白髪でひげを蓄えた伊三郎は、ちらりと独庵に目をやったが、手先はあいかわらず庭の紅紫の花をたくさんつけた百日紅《さるすべり》の枝を切っている。

「ほう、なかなかの庭になったもんだ。しかし、所詮素人ではないか、手入れは植木屋に任せればいい」

独庵は伊三郎が趣味でやっていることは百も承知で、皮肉った。

「庭いじりは道楽じゃ、それを取り上げようと言うのか。花があまりに多いので少し切って生けようと思ってな。ところで今日はいかがいたしたかな」

「お願いがあってな」

「ほう、また願いとな」

伊三郎は背中を伸ばし、ひげをなでながらとぼけてみせた。

独庵の「お願い」は伊三郎にとっては、いつものことだった。

伊三郎は仕方がないと言わんばかりに大きく息を吐くと、縁側に腰掛けた。

日差しはあるが、風が冷たい。綿入れを着た伊三郎が縁側にあった茶碗に手をやると、冷え切った茶をすすった。

「また少しお借りしたい」

独庵にためらう様子はなかった。

伊三郎の表情も変わらない。

「この間はいつだったかな、おう、百日紅の花が咲く前だから、そうそう卯月《うづき》くらいではないかな。それがもう金を貸せと、冗談ではないか」

「大旦那、今日はずいぶんと他人行儀な」

独庵も伊三郎の反応は先刻承知だった。

「独庵先生、さすがにこれだけお貸ししていると、二つ返事というわけにはいかんな」

独庵は伊三郎の返事に動じる様子もない。

「さようか。わかった。では例の件を、奉行所に伝えておくことにしましょうかな。与力の北澤《きたざわ》様は懇意にしているお役人ですからなあ」

伊三郎は一見困ったような素振りで首を大きく振った。

「またそれ」

「またもなにも、医者とはそういうものでな、いや、それこそが医者の道というものではなかろうか。医術は仁術。患者を救うも、悪をさばくも同じようなもの」

「悪ですか」

「はは、申し訳ない。言い過ぎたかもしれぬ。ただ真《まこと》ではある」

伊三郎はややうつむいたが、

「わかったわかった。独庵先生、で、どれくらい入り用かな」

「たった二両」

独庵は右手の指を二本立てて、伊三郎の面前に突き出した。

「たったとは、また」

「いやいや、身代《しんだい》十万石と言われる甲州屋にしてみれば、雀の涙より少ないだろうに」

「独庵先生にはかなわぬ」

伊三郎がいやいやをするように首を振った。

「おおい、元吉《もときち》はおらぬか」

伊三郎は番頭を呼ぶと、耳打ちして、包みを持ってこさせた。

「いや、これも世のためとご寛恕《かんじょ》くだされ。まあ少なくとも博打《ばくち》や吉原《よしわら》で使うわけではないのでな。ははは」

独庵は包みを懐にしまうと、

「道楽の途中、お邪魔した。失礼する」

独庵は立ち上がり、くるりと背を向けた。

「独庵先生、せっかく来たのだから、どうだ。たまには娘に会っていってくれ。あれにはわしも手を焼いておって」

「それはお察ししますが、急ぐので、またの機会に」

そそくさと去りかけると、

「独庵先生」

からむような声がした。

独庵は後ろから首根っこを摑まれたように、ピタリと止まった。

ゆっくり独庵が振り向くと、伊三郎の娘のお雪《ゆき》が、打出の小槌《こづち》や金嚢《きんのう》が柄《がら》となった薄桃色の小袖を着て、満面の笑みを浮かべている。

「先生、私に黙ってお帰りですか。ひどいじゃありませんか」

歳は三十一歳と聞いている。許嫁《いいなずけ》がいたはずだが、嫁にはいっていなかった。詳しい事情は知らないが、独庵にはなんとなくわかるような気がする。容姿は人並み、それはそれで不足という筋合いではないが、粘着性の性格がどうも独庵には苦手であった。しかし、お雪は独庵をひどく気に入っていて、時には診療所に顔を見せることもあった。

「お茶でもいかがです。おいしいぼた餅もありますし。そういえば先生は和蘭のお菓子、お好きでしたね」

「ありがたい話であるが、いま患者の容態がよくないので、このまま往診に向かわねばならん。また今度な」

「先生、そんな」

お雪は独庵の着物の袖をつまむと、くるくると指に巻いた。それを眺めている伊三郎はにやにやしたままだ。

「いやいや、またな」

独庵はお雪の手をほどき、廊下を走るようにして玄関まで戻った。

お雪が独庵の背中に張り付いている。

「市蔵、帰るぞ。往診があったな」

「はあ」

独庵は市蔵に、ばかもんと、声をださずに言った。

「あっ、そうでした。急がないと患者が危ない」

「よし急ぐぞ」

後ろからお雪が走ってくる。

「お雪さま、独庵先生が遅れると、患者が死にます」

市蔵が、そういいながら間に入った。独庵は雪駄をつっかけると脱兎《だっと》のごとく、門の外へ駆けだして行った。

市蔵はお雪を通せんぼしながら言った。

「また、独庵先生にはお暇を作ってもらいますから。今日のところはこれで」

「ほんとですね。きっとですよ」

妙なしなを作るお雪を見て、市蔵もあわてて独庵を追った。久米吉はいつの間にか、独庵の前を歩いていた。


独庵は診療所に戻ると、市蔵を呼んだ。

「池之端《いけのはた》の勧学屋《かんがく》に行き、御種《おたね》人参を十斤《じっきん》ほど買ってきてくれ」

「お代のほうはいかがいたしましょう」

御種人参はようやく日本で栽培が可能になっていた薬用の朝鮮人参のことである。当時はまさに万能薬として使われて、輸入物の値段が高騰した。それがようやく国産化に成功していたのだった。

人参とくれば高価なものであることは、市蔵にも十分にわかっていたし、独庵が人参を使うとなれば、そうとう難しい病であるのだろうと思った。

「これで」

独庵は懐から二両入った包みを渡した。

「先生、また……」

思わず市蔵は独庵の顔を見つめた。

すずが後ろで笑っているのを見て、市蔵はすぐに気がついた。

「脅し、ですか」

「よけいな詮索などしなくともよい。早く買ってこい」

「わかりました」

市蔵は包みを懐にしまうと、診療所を飛び出した。

8

甲州屋へ行った翌日だった。

「先生、奥様です」

すずの声で独庵は飛び上がるように起きた。午前中の診療が終わり、昼寝をしていたのだ。足下で一緒に寝ていた愛犬のあかも驚いて立ち上がった。

「いないと言え」

「いるのはわかっていると、おっしゃっています」

「いいから、いないと、もう一度言え」

独庵が言い終わらないうちに、

「あなた様」

低い声が響いたと思ったら、そこにお菊が立っていた。黒の小紋の着物を着ている。顎の線が、昨日魚屋で見たあかむつに似ていると独庵は思った。

「なんだ来ていたのか」

「来ていたのかではありませぬ」

顔は般若《はんにゃ》で、さらに続ける。

「お国にはお戻りにならないのですか」

「まだまだ研鑽《けんさん》中である。勉強したいことが多く、とても国には戻れぬ」

「清太郎《せいたろう》もそろそろ元服です。そんなときに父親がいなくてどうするのです」

「気持ちはわかるが、わしも医学の厳しい道を目指しておるのだ」

「お国で医学を学ぶことはできないのですか」

「無理だ。江戸にいてこそ、和蘭医学も学べるというもの。やはり仙台藩では無理なのだ。申し訳ないとは思うが、もう少し我慢してくれ」

「医学だけを学んでいただければいいですが、それ以外の江戸の勉強はなりませぬ」

「もちろん、わかっておる」

独庵はごくりと唾をのんだ。

「本当ですね」

「当たり前ではないか」

独庵はなんとか気持ちを落ち着かせている。

「わかりました。では、また参ります」

「ゆ、ゆっくりしていけばいいではないか」

「いえ、清太郎も待っておりますので、帰ります」

そう言って、風呂敷包みを座り机の上に置いた。

「しっかりお食べください」

「いつも、すまん」

独庵は精一杯感謝しているように頭を下げた。

お菊はくるりと向きを変えると、さっと玄関へ向かっていく。

お菊が出ていった頃合を見計らったように、すずがにやにやしながら顔を出した。

「先生、いいんですか、お見送りしなくて」

「それよりこれを食え」

「あら、もしかしていつもの握り飯ですか」

「そうだ」

「先生のために奥様がお作りになったものですから、先生が食べないとだめです」

「そうはいかん。おまえが食べるのだ」

「どうしてなんでしょう」

「わしは握り飯が嫌いだ」

独庵はお菊が作ってきた握り飯を、うれしそうに食べる姿など恥ずかしくて、すずにみせられない。

「わかりました。いただきます」

すずが出ていくと、市蔵を呼んだ。

「宋鉄さんのとこへ往診だ」

「先生、もうですか」

「当たり前だ、早く人参を使わねばならない」

「もう少し、休ませてもらえませんか。午前中いそがしかったもので」

確かにいつもより、往診患者が多く、まったく昼飯も食べる時間がなかった。

「だめだ。病は待ってはくれん。医者が休んでいてどうする。市蔵、そのためにも、もっとからだを鍛えるのだ。はやり病など起きたら、それこそ寝てはいられないのだぞ。それが医者というものだ。それがいやなら医者などやめてしまえ」

自分は昼寝をして休んでいたはずであるが、市蔵にはいつも厳しい態度で接していた。医者になるには学問だけでは足りない、身体と精神も鍛えておく必要がある。それを身をもって市蔵に教えたかったのだ。

市蔵に人参を入れた薬箱を持たせて、いそいで上野広小路の宋鉄の店に向かった。急ぎ足だったので、若い市蔵もさすがに息を切らしている。

その息苦しそうな姿を見て、独庵は、

「市蔵、まだまだからだを鍛えないと駄目だな。医者は夜中に起こされ、朝まで治療ということもある。これくらいのことで、息切れなどみっともないぞ」

独庵はまったく同じ速さで歩いていく、市蔵は歯を食いしばりながら、それについていくのが精一杯で、反論しようにも言葉がでなかった。

『末松』まで来ると、市蔵から薬箱を奪い取るようにして、板張りの部屋に入った。

「宋鉄さん、いらっしゃるかな」

呼びかけながら中へどんどん進む。

宋鉄は庭で、木刀を振っていた。宋鉄の意外に元気そうな姿に驚いた。

「いやはや剣術の鍛錬とは」

「なんでしょうかな。ずいぶんと急いで」

「いやいや急で申し訳ないが、人参が手に入ったので、ぜひ処方してみたいと思ってな」

縁側に胡坐をかいた独庵が、宋鉄を手招いた。

「そんな高価な薬を、どうやって手に入れたのですかな」

「宋鉄さん、こうみえてもわしは医者ですよ。どんな薬でも手に入ります」

「お代は払えません」

「前にも申した通り、診察代は心配無用です」

そういうなり、手際よく人参を薬包紙に包んでいき、三十包ほど縁側に腰掛けた宋鉄に渡した。

「これを毎日三度、煎じて飲んでくだされ」

「まったく申し訳ない」

「少し、また診察してみましょう」

独庵は宋鉄を座らせたまま、着物をはだけてみぞおちのあたりと腹を触ってみた。

独庵は目をつむり、指先に神経を集中させた。この時代、頼りになるのは長年鍛え上げた自分の指先の感覚だけだ。だからこそ、診断技術は医者によって雲泥の差があった。

お診立て医者としても名をはせた、独庵の腕の見せ所でもあった。

指先から伝わる臓物の大きさ、表面のなだらかさ、やわらかさ、痛みなどを確認しながら独庵は指先を少しずつずらしていく。右の肋骨《ろっこつ》の下あたりを押したとき、宋鉄から「うっ」と声が漏れた。独庵はそれに動ぜず、指の下に広がる臓物の大きさを頭の中で描いた。

市蔵も独庵の手業《てわざ》を学ぼうと必死に見入っている。

どの時代であろうと、医者はその時の知識と経験を活《い》かして診ていくしかない。現代医学のように診断機器による画像診断が、医者の診断より優先されるような時代とはわけが違った。

医学が実証科学的なものに変わろうとしていた時代でもあり、人体の解剖が行われ始めた時期でもある。しかし、当時の一般の医者には、そんな解剖の知識など、ないに等しかった。しかし、独庵には、医者としての独特の思考回路のようなものが備わっていた。

「やはりこの臓物に、腫れ物がありますな。腫れが少しでも減れば楽になる。是非、人参で効き目をためしてみましょう」

「もったいない話でなんと言っていいのか。このような老いぼれに、そんな高価な人参など本当にもったいない」

「いや、このような病にこそ、使ってみる価値があるのです。病に価値うんぬんとはおかしいと思うかもしれませんが、どの病にどのような処置をすればいいのか、選ぶことこそ医者の務めです」

「わかりました、それではお言葉に甘えて、使ってみます」

宋鉄は深々と頭を下げた。

独庵は「では、これで」と言って立ち上がった。そのまま店の土間までいき、雪駄をはくと、市蔵と外へ出た。

「先生、人参で効くのでしょうか」

市蔵は納得できないようだった。

「効かぬというのか」

独庵は市蔵の気持ちを読んで言った。

「不治の病に必要なものはなんだ」

「わかりませぬ」

「それは、希望だ」

市蔵は納得がいかないようだった。

「医者は病を治すだけが役目ではない、不治であっても、できることがある。それは希望を与えることだ。医学がもっと進めば希望だけではなく、治療できるようになるのかもしれん。だが、いまの医学にはまだそれが叶《かな》わん。それでも我々にはやれることがあるのだ」

「人参で治すということではないので」

「いや、よくなるかもしれん。しかし、それは結果であって、人参が効くかなどわからん」

「先生は宋鉄どのにいったい何をなさりたいのですか」

「おや、市蔵も少しはわかってきたか」

「はい。先生には、なにか思惑があるということです」

独庵は笑みを浮かべて、それ以上返事はしなかった。

9

烏瓜《からすうり》が朱色の実を付け始めていた。

徳右衛門の妻志乃は、そんな季節の変わり目にまるで気づかぬような、こわばった顔のまま、両国橋を渡った。上野広小路の宋鉄の店に着いたのは、夕七つ（四時）を過ぎた頃だった。

「ごめんくださいませ」

肩で息をしたまま、訪《おとな》いを入れた。

返事もなく、静寂のままだ。

志乃はもういちど声をあげた。

奥のほうで襖を開けるような音がした。ゆっくりした足音がして、ようやく宋鉄が顔を見せた。

「何かお探しですかな」

「いえ、あの、ご相談があってまいりました」

「藪から棒に、ご相談とはいったいなんのことでしょうか」

宋鉄はじろじろと志乃の顔を眺めた。歳は自分と同じくらいかと思ったが、どこか懐かしいものを感じ、

「どこかでお会いしたことがありますかな」

「わかりませんか」

志乃はじっと宋鉄の顔を見た。しばらく宋鉄も記憶をたぐっていた。はっとして、

宋鉄は板の間に崩れるように座り込んだ。

「志乃さん、志乃さんじゃないですか」

「覚えていらっしゃいましたね。志乃です」

「松波道場の志乃さんじゃないですか」

宋鉄はまだ信じられなかった。

「よくここがわかりましたな」

「徳右衛門から聞きました」

「徳右衛門どのから」

宋鉄は困ったような顔をした。

「そこではなんですから、どうぞおあがりください」

志乃は勧められるままに、畳座敷に上がった。

反物を並べた棚には、ほこりが積もっていた。

「お話があって参りました」

志乃は座ると、思い詰めたような顔つきになった。

「お話とは、はて」

「果たし合いがあると聞きました」

「ほう」

宋鉄は知らぬような顔をしてみせる。

「宋鉄さん、なぜ今になって果たし合いなどなさるのですか」

宋鉄はしばらく天井を睨《にら》んでいたが、仕方がないというように重い口を開いた。

「そうではない、いまだからこそ果たし合いなのだ」

「徳右衛門にそんな恨みを持っていたのですか」

「松波道場がうまく立ち行かなくなって、徳右衛門どのの父親から金を借りた。借金の見返りに、志乃さんが徳右衛門どののところへ嫁に行ったと聞いている。そんなことが許せるかと、ずっと思っていた」

志乃の顔がさらにこわばった。

「違います、それは。徳右衛門には別に好きな女《ひと》がいました。しかし、道場を救うつもりで、その女と別れて、わたしを嫁にもらってくれたのです。徳右衛門のほうが、むしろ道場を救いたいという気持ちが強かったのです」

宋鉄は顔を曇らせた。

「いま志乃さんからお話を聞いて、ますます徳右衛門が許せない気がしてきた。そんな自分の好きな女を捨ててまで、志乃さんを嫁にもらったとは、志乃さんだって、そんな不実な男と一緒になりたいとは思わなかったでしょう」

「いえ、そうではないのです。徳右衛門の父が私をひどく気に入ってくれていました。それもあってわたしの方から無理に……」

宋鉄は遮る。

「もう、いいんだ。徳右衛門どのをかばうのは妻の役目、わかりますよ。だとしても、わしは果たし合いで死ぬしかないのだ」

「病のことですね」

宋鉄は返事をしなかった。

「病で死ぬくらいなら斬られて死ぬ方がいいと。それが武士の死に方だとおっしゃるのですか」

宋鉄はもういいというような顔をして、志乃を見たまま返事をしない。

「自分の夫が斬られるかもしれないのに、黙っておられましょうか」

志乃が涙ながらに言う。

「すまぬ。これがわしの生き方なのだ。お引き取りください」

志乃は諦めたように涙を手ぬぐいでぬぐった。

「わかりました。これ以上、女のわたしが立ち入ることではありませんでした」

宋鉄は深く頭を下げている。

「わたしたちは、もっと違った生き方があったのでしょうか」

志乃はつぶやくように言った。

宋鉄は目を閉じ、口をつぐんだままだ。

「これを覚えていますか」

志乃は自分の髪に手をやると、白い小さな花細工で飾られたつまみ簪《かんざし》を取り出した。

宋鉄は目を開き、しばらくそれを見つめていた。突然、驚いたように言葉を発した。

「そ、それは私が佐賀にいたとき、差し上げた簪ではないか」

「そうです。いまでも大切にしております」

宋鉄は言葉を詰まらせ、再び沈黙した。

「わたしの気持ち、汲んでいただけないのですか」

それでも宋鉄はうつむいたままだ。

志乃は簪を髪に戻すと、頭を下げ、立ち上がって店先に向かう。宋鉄はじっと動かなかった。

10

宋鉄が人参を服用しはじめてから七日ほど経った時だった。独庵は『末松』に往診に来ていた。

宋鉄は最初に診たときより、顔色もよくなっていた。

「腹を見せてください」

宋鉄を横にして、着物をはだけ、腹を触ってみる。ゆっくり呼吸をさせて、時々大きな息をさせてみる。

独庵の指先が皮膚の上から腫れ物を触っていく。明らかにその感覚が違っていた。布の上から硬い豆に触れるような感じが、いまは、柔らかくなっていた。

独庵はゆっくり宋鉄を起こして座らせた。

「効いていますぞ、宋鉄さん。腫れはかなりひいています。人参が効いている。このまま人参を続けてください」

「ほんとうですか。実にありがたいことです。からだの具合もだいぶよくなっております」

「それはよかった。あの世はまだだいぶ先じゃ」

独庵は元気付けるように返したが、宋鉄の顔をじっと見た。

「徳右衛門にも、よろしくお伝えください」

宋鉄の柔らかい口調に、

「果たし合いに臨むのだな」

宋鉄はそれには返事をしなかった。

「宋鉄さん、私がここまでしたわけは、わかっておられるだろう」

「もちろん痛いほどわかっております」

「私は医者としてできることはした。あとはあなた次第だ。命をかけた話であるし、考え抜いたうえに果たし合いを申し込んだのであろうからな。これより先は、私も関わることはできまい」

「独庵どののお医者様としての施しに、深く感謝しております。これこのとおり」

宋鉄はなんども頭を下げる。

独庵は意を決したように、立ち上がった。店先まで行くと、見送りに来た宋鉄を見て、一礼すると踵《きびす》を返して歩きだした。

11

果たし合いの場は千住大橋《せんじゆおおはし》の手前の隅田川沿いの川原となっていた。明五つ（八時）にこの場所でと、宋鉄の果たし状には書かれていた。

徳右衛門と、見届人をつとめる独庵と刀を抱いた久米吉が半刻前から川原に来ていた。

川原には小さな紫色の花をつけた桔梗《ききよう》が冷たい風になびいている。晴天だけに野分《のわき》が強く吹き付けている。

仁王立ちのまま徳右衛門は身じろぎもしない。約束の刻限からすでに四半刻過ぎていた。

遠くを眺めていた独庵が言った。

「もう、来ないだろう」

「どうかな」

徳右衛門は遠くを見たままだ。

「知っているか。志乃さんが先日、宋鉄に会いに行き、果たし合いを止めようとしたことを」

　独庵は唐突に言った。

「知っておる。そんなことで宋鉄の気持ちが変わるはずがない」

　徳右衛門は言い切った。

「診察をしたときは、もう手遅れかと思ったが、人参が効いたようで、腫れも小さくなっていた。宋鉄は病が治らないものと思い込んでいたし、それならいっそ斬られて死にたいと思ったのだろう。しかし、病がよくなってきているから、考えを変えたのかもしれない」

　そういいつつ、独庵はその推測が正しいと信じていたわけではなかった。

「それが独庵の診立てか。いや、わしにはそうは思えない。それに宋鉄はそんな男ではない」

「やはりそうか」

　独庵は徳右衛門の表情があまりに厳しかったので、それ以上は言わなかった。

　一瞬、曇り空になって日差しが陰り、再び雲の間から日が差し始めたとき、彼方の土手に影が動いているように見えた。

　徳右衛門はその影を見つめている。

それが次第に人の形になり、刀を持っていることがわかる。

「来た」

徳右衛門がつぶやいた。

人影はゆっくりだが、近づいてくる。

お互いの顔がわかる距離で止まった。

独庵はたまらず、

「宋鉄さん、やはり来たか」

「独庵先生のご助力ありがたく、まことに感謝しております。しかし、私の決意はかわりません。志乃どののご無念と、わが父の恨みをはらさせてくだされ」

「これは我々二人だけで決着をつけねばならぬ」

そう言った徳右衛門が何事か叫んだ。と同時に、徳右衛門が独庵を突き飛ばすようにして前に出た。

独庵はふいをつかれて、よろよろと転びそうになり、からくも踏ん張った。

徳右衛門が刀を抜いた。

宋鉄も青眼に構えた。

強風に吹かれて、二人の着物がはたはたと揺れている。

独庵は徳右衛門から一間ほど離れて立っていた。

向かい合ったまま、しばらく二人は動こうとしない。

「父の敵、志乃さんの無念、ここではらしてみせようぞ。徳右衛門、覚悟」

宋鉄は刀を持て余しているようにも見えたが、上段に構えて、徳右衛門に斬りかかった。徳右衛門がなんとか宋鉄の刀を払って、返す刀で宋鉄の胸から腹にかけて斬り込んだが、一歩届かず着物が切れただけのように見えた。

わずかな間隙をぬって宋鉄が、徳右衛門に切っ先を向けた。

その瞬間だった。独庵は久米吉に預けておいた刀を取るや、宋鉄に斬りかかった。

「何をする独庵」

徳右衛門がそう言ったきり、絶句した。

袈裟《けさ》懸《が》けに斬られた宋鉄は倒れかかりながらも小声で言った。

「独庵先生、お診立てのとおりでござる」

独庵は宋鉄の元に跪《ひざまず》くと顔を寄せ、

「見事であったぞ」

と、ささやいた。

宋鉄はうっすらと笑顔を浮かべて、次第に目を閉じていった。

独庵は鞘に刀を収めると、久米吉に差し出した。

「これでいい」

独庵は徳右衛門に告げた。立ち去ろうとする独庵に、徳右衛門は頭を下げた。

再び風が独庵と徳右衛門の間を吹き抜けて行く。

独庵は土手の道を歩き出した。

久米吉が数歩下がって、あとにつづいた。

12

宋鉄が墨堤に倒れてから二日経った。

独庵は縁側に腰掛けて、庭を見ていた。

すずは墨堤での果たし合いのことは、久米吉から聞いていたが、独庵がなぜ、宋鉄を斬ったのか納得がいかないでいた。むろん市蔵も独庵の気持ちがわからない。

押し黙っている独庵に、すずが意を決して訊いた。

「先生、なぜ人参で病がよくなっていた宋鉄さんを、斬らねばならなかったのですか」

すずの声で、あたりに漂っていた重苦しい空気が切り裂かれた。

それでも独庵は無言のまま腕組みをしている。

「教えてください、なぜですか」

市蔵も我慢しきれなくなって問い詰める。

独庵は組んでいた腕をほどき、両膝に置いた。

「わからぬか。患者は嘘をつくのだ」

すずも市蔵もまったく意味がわからなかった。それを見越したかのように独庵が続ける。

「宋鉄に人参を服用させて、確かに腫れは小さくなっていたし、宋鉄は元気そうに見えた。しかし、そうではないのだ。宋鉄の顔からは精気が抜け、それほど長くはないことが、私には見てとれた。治療した私に義理を感じて、気丈に振る舞ったのだ。人参でいっときはよくなるかもしれないが、治るわけではない。それは宋鉄もわかっていたはずだ。だからこそ、果たし合いに来たのだ」

「では、宋鉄さんは、斬られに来たと」

市蔵が訊く。

「いや、そうではない。やはり本当に徳右衛門を斬りたかったのだ。自分の死が近いことはわかっていたとしてもな。それが武士の生き方だ」

「だとしても、なにも宋鉄さんを斬らなくてもよかったのではありませんか」

市蔵はまだ納得がいかないようだった。

「医者は病を治すだけが役目ではない。患者の苦しみを消し去ることも大切な仕事なのだ。宋鉄の病はこの先、耐えがたい痛みを伴う。醜態をさらし七転八倒して、死にたくはなかったはずだ。だから、私はあの時、徳右衛門に助太刀したのだ。それに徳右衛門と志乃さんはお互いに惚れていたからな。志乃さんは、宋鉄の気持ちを慮《おもんぱか》って、自分は無理に嫁にしてもらったと宋鉄に嘘をついた」

「そうでしたか」

市蔵は声を詰まらせた。すずは涙を浮かべた。

「徳右衛門が宋鉄を斬る気でいたかどうか、そこは私にはわからん。それはあの二人にしかわからないことだ。市蔵、すず。辛いがこれも医者の役目なのだ」

市蔵は膝をつかんで、畏《かしこ》まっている。

独庵の脳裏に志乃が初めて相談に来たときの顔がぼおっと浮かんだ。

「志乃どのは、宋鉄と徳右衛門、どちらに惚れていたのであろう」

つぶやくように言った。独庵の口元を見て、すずが訊いた。

「先生、なんとおっしゃいました」

「いや、なんでもない。人の心は誰にもわからぬもの」

独庵は再び腕組みをして、庭を見つめた。

第二話　蔵（冬）

1

　すずは炬燵《こたつ》に入ったまま居眠りをしている。雪は昨夜から降り続け、高下駄《たかげた》でないと歩けないほど積もっている。とうに暮六つ（六時）を過ぎ、あたりは薄暗くなっていた。

　潜戸《くぐりど》を激しく叩《たた》く音がする。すずはそれでも寝たままだ。

　あかがその物音に気づき、激しく吠《ほ》えだした。すずは鳴き声で目を覚ました。

「うるさいなあ」

すずは顔を上げると、吠えるあかを制して周囲の音に耳をこらした。ようやく外の物音に気がつき、炬燵から這《は》い出した。こんなに激しく叩くのは、急病に違いないと思った。急いで門まで出て行った。

「どなた様でしょう。急病ですか」

「すみません。独庵先生にお目通りを願いたいのですが、両国屋《りょうごく》の和介《わすけ》と申します」

大声の割には、意外に落ち着いた様子だったので、すずは肩透かしをくった気がした。潜戸の叩き方で、病人の容態がわかると思っていたが、自分の予想とはまったく違っていたからだ。

「いま、開けます」

すずは潜戸の閂《かんぬき》を外し、木戸を開けた。

「独庵先生は往診に行き、留守でございますが」

すずが困ったような顔をしてみせたが、和介は動じなかった。

「しばし待たせてはもらえませんか」

「すぐには往診から戻らないと思いますが」

代脈の市蔵が留守だったので、すずは見知らぬ男を待合室に入れることをためらった。

「それはかまいませぬ。お目にかかれれば」

「そうでございますか、ここでは冷えます。どうぞ中へ」

和介の風体から怪しい男とは思えなかったので、気遣いした。

玄関の上がり框《かまち》まで先導して、和介を待たせた。

和介は四十歳くらいだろう。雪のために袷羽織《あわせばおり》を着て、足駄を履いている。太い眉が小さい顔に目立つ。

絹の袷羽織だから、羽振りのいい商人《あきんど》だと思った。

「どうぞお上がりください。そこでは寒うございます」

「ありがとうございます」

和介は板の間の待合室に上がり、火鉢の前に座った。

「ここでお待ちください。今日は雪なので、戻ってくるのに時がかかるかもしれません」

「わかっております」

そう言うと、和介は火鉢に手をかざした。

物おじしない態度なので、すずはきっと、大店《おおだな》の旦那なのだろうと思った。

和介はじっとそのまま動かなかった。

「帰ったぞ」

独庵の声がした。すずは急いで走って行き、潜戸を開けた。蓑《みの》を着た独庵の肩にはすっかり雪が積もっている。

「先生、大変でしたね」

「なんの、これしき。雪景色は風情があっていいくらいだ」

「両国屋の和介さんという方がお待ちです」

「両国屋は知っておるが、知らぬ名だな」

独庵は雪をはらいながら玄関土間に入ると、蓑のひもをほどいてすずに渡した。

待合室で和介が深々と頭を下げていた。

「お疲れのところ申し訳ございません。私は新大橋《しんおおはし》近くで札差《ふださし》屋をしております両国屋の和介と申します」

独庵は和介の顔をしばらく眺めていた。やはり、見たことのない顔だった。

先ほどまで平然としていたが、独庵に会うなり、すっかり落ち着きを失っているように見える。目に据わりがなく、手先も着物の襟を直したかと思うと、指先を丸めるような仕草をする。

「はて、何の用事でございますかな。札差の両国屋といえば、江戸ではよく知られた大店ではないか」

「はい、ご存じでしたか」

　独庵は感心してみせた。

「で、その大店がどんな用かな」

「両国屋の主人、仙次郎《せんじろう》は私の義父にあたりますが、義父のことで相談があってやってまいりました」

　こういった患者の相談を、家族から受けることはよくあることだった。和介の落ち着かない様子は、早くなんとかして欲しいという切迫感から来ているのだと思った。

　独庵が黙っていると、和介が話し出した。

「義父が一月《ひとつき》ほど前に家で倒れまして、表御番医師《おもてごばん》までなさった後藤文右衛門《ごとうぶんえもん》様に診立ててもらったところ、中風《ちゅうぶう》だと言われました。それも重症で、これ以上はよくならないから、家で看取ってはどうかと引導をわたされました」

「中風か、なかなか厄介《やっかい》な病だ」

「わかっておりますが、ただただ苦しそうな息づかいを見ているだけで、なんとかしてやれないかと思うのです。さらに厄介なのは、時々痙攣《けいれん》を起こすのです。先生は暗くて静かなところのほうが、痙攣が起きにくいと言うものですから、いまは蔵の中に寝かせております。これ以上、病人のみじめな姿態をさらすのは、本人も望んではいないでしょう。なんとかならないものかと、相談に参ったわけです」

「なんとかならないかとは、何を言いたいのかよくわからんが」

独庵は和介の真意を探った。

「申し訳ございません。はっきり申せば、看取っていただけないかと」

和介は独庵の顔色をうかがうように、ぼそっと言った。

「長く往診などしている患者であれば、最期は看取るようにはしておるが」

「突然な話で難しいことは、よくわかっております。しかし、あの苦しそうな顔は、見るものにとってたいそう辛《つろ》うございます。はやくお迎えに来てもらうことはできないかと思っているのです」

独庵は次第に和介の心が見えてきたような気がした。

「なにか誤解をしておるのではないか。私は看取ると言っても、医者としてすべてを尽くしてからの話であって、ただ看取ってくれと言われても、はいそうですかと受けるわけにはいかぬ」

独庵はいつになく大声を出した。

「ご立腹と存じますが、ご容赦ください」

　和介の両手がかすかに震えている。和介は独庵の形相に驚き、その場に土下座して頭を下げた。頭を下げたまま、それでも言った。

「独庵先生の御怒り、ごもっともでございます。ただ、手前の気持ちとしては、義父の安らかな最期を願うばかりに、単刀直入に申してしまいました。平に平に」

　さらに頭を地面にこすり付ける。

「頭を上げなされ。そなたの御気持ちもわからんではない。しかし、初めて相談に来て、急に看取ってくれと言われても、まずは診察しないことには、どうにもならない」

「もちろんでございます。どうか義父を診ていただけないでしょうか」

　両手をついたまま、上目遣いで独庵を見た。

　独庵も和介の顔をまじまじと眺めた。突然やってきて、土下座をしてまで、自分に看取ってもらいたいというのは、何か別のわけがあるのだろうと察した。

　表御番医師の後藤文右衛門といえば、蘭学と古方の両方を学び、公方《くぼう》様のご病気を治したとして名をはせた。名医の診立てのあと独庵が出ていって何か解決できるとは思ってはいなかった。しかし、独庵はむしろこの男に興味を持った。

あまりに熱心に義父を死なせて欲しいと言う、何か別にわけがあるに相違ない。

「わかった。早々に往診に参ろう」

どういう手筈《てはず》か、すでに駕籠《かご》が門の前で待っていた。さすがに大店である。和介が迎えの駕籠を用意して来ていたのだ。

2

夜の帳《とばり》が下りた中を、和介の乗った駕籠が先を行き、独庵の駕籠は後を追って行く。外から戻ってきていた市蔵は急ぎ足で、駕籠を追った。

駕籠は大川沿いを下り、新大橋から深川元町《ふかがわもとちょう》に向かった。猿子橋《さるこばし》を渡り、両国屋の前で止まった。

「ここでございます」

駕籠から降りてきた和介が、独庵の駕籠に来て告げた。独庵はうなずき、駕籠を降りた。

店の間口はそれほど広くなかった。横にある木戸は開いていて、独庵は母屋の玄関に向かった。中庭がある母屋は旗本屋敷を思わせるほど大きかった。

すでに女が寒い中を立って待っていた。

「夜分に申し訳ありません。仙次郎の家内で、いねと申します」

六十は超えているように見えるが、腰も曲がっておらず、この落ち着きは長年商人の妻として、店を支えてきた自信を感じさせる。

独庵は雪駄を脱いで上がった。和介が促すままに、長い廊下を歩き、奥に進む。

大名時計が船簞笥《ふなだんす》の上に無造作に置かれている。独庵がいた仙台藩の武家屋敷より、よっぽど立派な作りである。

商人が力を持ち始めているとは、噂《うわさ》では聞いているが、やはり世の中の金の動きが変わってきていることがよくわかる。

渡り廊下を進むと、蔵の入り口までできた。

「ほんとうに蔵の中にいるのか」

独庵は思わず足を止めて、訊《き》いた。

「お話しした通り、光や音などに義父が刺激され、痙攣を起こすことがあるのです」

独庵は蔵の敷居をまたぎ、中に入った。隅に行灯《あんどん》がともっている。

しばらく目が慣れずに何も見えなかったが、次第に蔵に寝かされている仙次郎の姿が浮かび上がってきた。

外の寒さに比べればまだ暖かさを感じた。

「目が慣れますと、意外によく見えるようになるものです」

和介が座りながら言った。

雪明かりは天井近くの小さい窓からも入ってきていて、確かに慣れると見えるようになった。

畳が敷き詰められた蔵の真ん中に、仙次郎が寝ている。

仙次郎の顔に明かりが当たり、顔だけが光っていた。大きめの火鉢があり、それでなんとか暖かさを保っているようだ。

独庵は仙次郎の横に正座した。

仙次郎のやせ細った腕に血管が浮き上がって、眼球はやせこけた顔の中に埋没している。

呼吸は時々乱れ、口から漏れる、うなるような声が静かな蔵の中で響いた。死が近づくと、次第に呼吸の仕方が変わり、顎を突き出すようになるが、それはなかった。

医者の診療技術の基本は、視診《ししん》だ。

この時代でも視診は重要な技術と見なされていたし、なによりそこに必要なのは、医者の直感であった。

「仙次郎どの、独庵という医者です」

患者に声をかける、これは大きな意味があった。この呼びかけに反応があれば、患者の意識は、まだしっかりしていて、脳は働いているということだった。

しばらく間があり、「はあ」仙次郎が弱い声で返事をした。そのあと、目をわずかながら開けた。

「気がつきましたか、ご心配はいりませんぞ」

独庵は仙次郎の様子から、おおよその病状がわかってきた。

独庵は仙次郎の手首に、自分の人差し指を当てて、脈をとった。左手は全く動かない。

掛け布団が仙次郎の呼吸の乱れに合わせ、不規則に上下している。脈は弱いが、まだ触れなくなることはなかった。

和介が言っているほど、重症ではなく、看取りの状態とは、とても思えなかった。

だからこそ和介の真意がはかりかねた。

独庵は仙次郎の足下の布団をまくり上げた。足の指先は紫色を呈して、血流が滞っていることを示していた。右脚は動いているが、左脚は全く動かなかった。

仙次郎に布団をかけ直そうと思ったとき、その手が止まった。

仙次郎の足下にわずかな塵《ちり》のようなものがあるのに気がついたのだ。これだけ清潔に保たれているのに、塵とは妙だと思った。

「市蔵、和介さんに、薬を見せてやりなさい」

後ろにいた市蔵に、持ってきた薬箱から、薬を取り出すように言った。

市蔵は意味がわからず戸惑っている。

「わからんやつだな。先日、手に入った薬をお見せするのだ」

独庵の威圧的な言葉に、市蔵も察したのか、和介の目をそらすように薬箱を開けて、説明を始めた。

和介が市蔵の動きに目が行っているすきに、独庵はやおら懐紙を取り出すと、仙次郎の足をさするふりをして素早く、その塵を挟んだ。

「ご主人、気をしっかりお持ちくだされ。独庵がなんとかいたしますので」

少し間があって、低い声が返ってきた。

「……ありがたい……」

仙次郎の顔を正面から見据えた独庵は、穏やかに笑いかけると、大きく頷《うなず》いた。

くるりと向きを換え、和介のほうを見て、

「その薬を一日一回飲ませるように」

独庵はゆっくり立ち上がると、蔵の外に出た。

「和介さん。いまの様子を診るところ、すぐにどうこうというわけではない。なぜ、あなたが看取りを願うか、どうも解《げ》せない」

「いまはああ静かですが、ときどき苦しそうに顔をしかめまして。その姿を見ていると、あれほど矍鑠《かくしゃく》としていた義父が、このような惨めな姿で生きながらえるなど、私は納得がいきません。こんな姿は義父も望んでいないはずです。なんとか苦痛を取り除き、静かな看取りをお願いしたいのでございます」

「いやいや、まだそういった時ではなかろう。ところで」

と言って独庵は和介を見やった。

「仙次郎さんはまだ商売のほうを、何かなさっているのかな」

「はい、大きな決めごとは義父がやっております」

「そうか、判断できるのだな」

「はい、なんとか」

「しかし、それならますます看取りという時ではあるまい」

「ただ答えがなかったり、言葉が出るまで時を要したりで、奉公人たちも困っております。かと言って私がすべてを決めるわけにもいきません」

「あなたもいろいろ大変だのう」

「はい、ご心配いただきありがとうございます」

和介はそういいながら、懐から包みを取り出した。

「些少《さしょう》で申し訳ございませんが、お収めくださいさい。今日の薬礼《やくれい》（診察代）でございます」

独庵の場合、大名でもない限り、診察代は三分《さんぶ》と決まっている。和介が差し出す包みは、小判でも入っていそうで、高額な薬礼を受け取るいわれはない。

「いや、今日のところは、お気遣いなく。薬礼はまたの時で結構だ。帰って調べ物をしてから、近いうちにいま一度、診療させていただくことにする」

金持ちからしっかり診察代を取る独庵だが、今は受け取れない気がしていたのだ。それがなぜだか、独庵にははっきりわからなかった。独庵の医者としての勘だと言えばそれまでである。

独庵は待たせてあった駕籠に乗り、浅草諏訪町に戻った。

3

夜四つ（十時）はとうに過ぎていた。診療所に戻った独庵は静臥《せいが》して、天井を眺めていた。物思いにふけるときの姿だ。

何かがおかしい。和介という男は何を考えているのか。

髭をなでていた手の動きを止めた。急に起き上がると市蔵を呼びつけた。

「市蔵、久米吉を呼んでこい」

市蔵は「へい」と返事をするなり、高下駄を履くと、外へ走り出した。

独庵は自分の直感を信じている。病気の診断で重要なことは、理屈ではなく、長年の経験からくる直感だと思っている。それを信じられることこそ天稟《てんぴん》というものだ。患者を診たときに何かを感じる、それこそが、医者として一番重要なことだと常に思っていた。

薄暗い蔵の中で寝ている仙次郎のことを、思い浮かべた。仙次郎には何か見えていたのだろうか。そんなことを考えながら腕組みをしていたが、いつの間にか眠りに落ちていた。

「なんでございますか」

うとうとしていた独庵の足元に、久米吉が座っていた。

独庵ははっとして目を開いた。

「お、久米吉。夜遅くにすまぬが、頼み事がある。札差の両国屋を調べて欲しい。先ほど、あそこの主人を診察してきたのだが、どうも納得がいかない」

「両国屋といえば、以前、ふすま絵を頼まれたことがありました。その時は別の仕事があり、ことわりましたがね」

絵師の久米吉はいろいろなところに出入りしていた。

「そうだったか。なんとか探ってみてくれ」

独庵が言い終わるか終わらないうちに、久米吉はさっと消えて行った。


翌日、久米吉は両国屋をどう探ろうか思案していた。絵師とはいえ、そう簡単に両国屋の和介の話まで聞けるわけがない。

こんな時は、裏の世界に詳しい男に聞いたほうが早いと思い、駒込《こまごめ》で札差をやっている伝兵衛《でんべえ》の店に来ていた。

「で、なんですかい、両国屋のこととは」

伝兵衛は人がいいところもあったが、裏の顔があり、札差の中では一目置かれていた。札差にしては地味な店で、それほど客も来ているようにも思えない。噂では何か別な仕事もしているのではないかと言われていた。

久米吉とは以前から懇意にしていた。

「あそこの若旦那の和介さんのことを聞きたいのだ」

「和介さんね」

伝兵衛は意味ありげに、考え込んだ。

「こう見えても、あっしも同じ仲間の悪口を言うのは、好きじゃないんです。でも、そのあっしですら、悪口を言いたくなるような人ですよ」

「ほう、それはどういうことだ」

「金を貸すのが仕事の男が、あれだけの借金をしたら、そりゃ周りから馬鹿野郎扱いをされてもしょうがねえってもんだ」

「和介がそんなに借金をしていたのか」

「噂では三百両くらいあるようですから」

「なに、そんな大金か」

「座頭から借りたらしいので、話になりませんわ」

「なぜそんな大金を」

「それが博打《ばくち》なんですよ。和介が博打に金をつぎ込んでいるのは、あっしの仲間では有名な話で、みな呆《あき》れてます。まあ大店の若旦那ですから、周囲も止めようがなかったんでしょうが」

「そうだったのか。しかし、なぜそんなに博打にのめり込んでいたのだろうか」

「博打に理屈はねえですよ。負けても懲りない、それだけじゃねえですかね」

久米吉は和介の陰の部分が少しわかって来たような気がしてきた。


雪は止《や》んでいたが、朝はずいぶんと冷え込んだ。

「先生、寒いので手あぶりをお持ちしました」

すずが手あぶり用の小さい火鉢を持ってきた。

「なかなか気が利くではないか。言われる前にやる、なかなかできないことだ」

「あら、先生に褒められるのは久しぶりです」

すずはうれしそうに返事をした。

独庵は火鉢を引き寄せ、中の灰を火箸で整えた。

ゆっくり灰の中をいじっているうちに独庵は、はっと思いついたのか、「そうか」と呟《つぶや》いた。

市蔵を呼びつけた。

「甲州屋へ行くぞ」

大声を出した。市蔵はきょとんとして、独庵の顔を眺めている。

思いつくと行動は早い。すっくと立ち上がって、羽織に腕を通し、土間に降りたっていた。市蔵は慌てて独庵を追った。

小走りに追ってきた市蔵は息を切らしながら、

「先生、甲州屋ですか」

と念を押すが、独庵は無視するように先を急いだ。

神田川に向かい、柳原通りを目指した。

市蔵には独庵が甲州屋へ急ぐときの理由は想像がついた。甲州屋の前まできて、店の横にある木戸を叩いた。

しばらくすると、木戸が開いて、番頭が顔をのぞかせた。

「大旦那にお目にかかりたい」

番頭はまた来たかという顔をして、

「大旦那様はお出かけでございます」

即答した。独庵は番頭の返事はいつもこうだとわかっているので、

「お忙しい方であるからなあ。中で待たせてもらう」

木戸を押し開けて、市蔵と一緒に中に入って行く。

番頭は首を振って見ているだけだった。

玄関まで行き、

「大旦那はおられるか。独庵でござる」

大声を張り上げた。

しばらくして、お雪が派手な独楽《こま》の模様が入った着物で陽炎《かげろう》のようにあらわれた。

「独庵先生、お会いしとうございました」

独庵は思わず後ろに身を引いた。

「今日は大旦那に用事があって参った」

「あら、冷たい。私には用事がないのでしょうか」

「いやいやそういうつもりで言ったわけではないが」

「前にも申し上げましたが、一度、『八百善《やおぜん》』でお食事をしたいと思っております」

「ありがたいお話だが、また機会を別にしていただければ」

「いつも、そんなふうな言い方しかできないのですね」

「これでも私も忙しくてなあ」

「どんなにお忙しくても、ご飯は食べるでしょうに」

「それも、もっともな話ですな」

独庵は、お雪ににじり寄られた。

「先生、しばらく城内へ通う必要がありましょう」

市蔵が割って入った。

独庵は市蔵が妙なことを言うと思って、つい首をかしげたが、すぐに意図を理解して、

「おっ、そうじゃ、そうじゃ。公方様に呼ばれておったのう」

「そうです。先生」

市蔵が煽《あお》るように言う。

「そうなんですか、独庵先生。公方様に呼ばれるなんて、さすがです。そんなお忙しい方を呼び止めては申し訳ないですね」

お雪が言い終わらないうちに、奥から足音がして、

「独庵先生、どうなさった」

甲州屋の主人、伊三郎が顔をだした。

わざと先に、お雪に接客させたのではないかと独庵は思った。

「ちと、相談があって参りました」

「ほう、玄関先ではなんですから、まま、奥まで」

伊三郎は独庵を座敷に通した。

向かい合わせで座るなり、

「伊三郎さんは、医学に関心はおありか」

唐突な独庵の質問に、伊三郎は困惑顔だ。

「なくはないが」

「新しい医学を広めていくには、伊三郎さんのような人に、支えていただく必要がある」

「なんとも回りくどい言い方ではないか、いったい何だ」

「まあ、医学もいま大きく変わり始めているので、それを伊三郎さんに助けてもらいたいと思っている」

「つまり金を貸せと」

「そう言っては身も蓋もない、医学の進歩のために、ご助力願いたいと申しているわけで」

「独庵先生、どれくらい入り用なんだ」

　さすがに伊三郎もじれた。

「五両ほど」

「大金だな。それが医学に役立つのか」

「もちろんです。何人もの命が助かることになる」

　伊三郎も独庵を信じているからこそ、これまで借金の申し出を素直に受けてきた。ここに金の無心に来るときは、かならずはっきりした目的があったし、それが役立っていることは、何度も経験していた。

　しかし、それ以上に、独庵は甲州屋の弱みを握っていた。だからこそ、独庵の訴えを無視するわけにはいかなかった。

　独庵はじっと伊三郎の顔を見た。伊三郎はそれに負けて、大きく頷いた。

「おい」

　伊三郎が番頭を大声でよび、耳打ちした。

　まもなく、包みを持って番頭が現れた。

「お役立てくだされば、幸い」

伊三郎はいつになく、物分かりがいい。

独庵も素直な態度が不思議でならなかった。

「独庵先生、下屋敷の奥様とは疎遠であろう。どうかお雪のことを真剣に考えてもらえないか」

伊三郎は独庵と妻女のことは重々知っていて、なんとかお雪を、独庵の妻にと思っていたのだ。

「わかっております」

そう言うなり、頭を下げ、独庵は立ち上がった。玄関まで行くと、待っていた市蔵を連れて、外へ出た。

お雪が外で待っていた。

「独庵先生、『八百善』のこと、くれぐれもお忘れなく」

いつにない真剣な顔をされ、さすがに独庵も無視できなかった。

「わかり申した。必ず市蔵から連絡をさせるので」

「きっとですよ」

独庵は軽く頭を下げて、浅草諏訪町の診療所に向かった。

独庵は診療所の門に着くと、振り返り、市蔵に一言《ひとこと》言った。

「市蔵、この金を持って、いわし屋まで行って顕微鏡を買ってこい」

懐から伊三郎から受け取った金の包みを市蔵に渡した。

いわし屋は薬種店《やくしゅだな》と言われる、薬や医療機器を売っている店だ。

「顕微鏡とは和蘭から最近入ってきた、小さなものを見る眼鏡ですね」

市蔵はうれしそうに言った。

「よく、勉強しておるな。医者はこれから顕微鏡が必要になるのだ」

「はい、先生、私も非常に興味があります。でも五両も……」

小判の数を数えて市蔵は驚いている。

「医療は金がかかる。五両なんぞでいちいち驚くな、さっさと顕微鏡を買ってまいれ」

4

往診から戻った独庵は、診療所で待っていた患者を半刻《はんとき》ほどかけて診ると、控え室に戻ってきた。

すずがお茶を運んでくる。

「休憩ですか」

すずは、座り込んだまま黙っている独庵を見て言った。

「いや、考え事だ」

おもむろに、座り机に向かうと本を取り出し読み始めた。

「先生、また患者が来ました」

「かまわぬ、待たせておけ」

独庵は本を読み始める。こうなると、しばらくは診療をしなくなる。すずは諦めて控え室を出て行ってしまう。

「ううっ」

読書を妨げるうめき声が、待合室から聞こえてくる。

しばらく無視していたが、それに耐えかねて、独庵は重い腰をあげ、待合室に行く。

頭から血を流している男が、痛みでうめいている。

「どうした」

「へっ、へい。頭を、ぶつけまして」

顔をしかめて返事をした。

そばに立っていた女が制するように割って入る。

「何さ、なんで医者に嘘《うそ》をつくんだよ。あんたが浮気なんかするからいけないんだよ。

先生、あんまり癪《しゃく》に障《さわ》るから茶碗《ちゃわん》で頭をぶってやったのさ」

「ほう、それはそれは」

独庵は落ち着いた声で言った。

「茶碗が欠けていて、角が当たって、血が出てきたんで」

男はうっと、また痛みを訴えた。

「あんたが悪いんだよ」

「なんだとう」

独庵はあきれている。

「おいおい夫婦喧嘩《げんか》は、医者でも治せんぞ。見せてみろ」

独庵は男の手をどけて、傷口を見た。

「ほう、なかなか深い傷だな。しかし、そばに金鎚《かなづち》がなくてよかったな」

独庵は笑ってみせた。

「治るんで」

男はなさけない声を出した。

「縫えば治りは早いが、縫わない」

「ど、どういうことで」

「二人が静かに過ごせば、このまま傷は治っていく。七日ほど、夫婦仲良くするんだな。そうすれば治る」

「そんなこと言わずに縫ってください」

男は懇願する。女房と思われる女も、手を合わせている。

しかし、独庵は、

「だめだ。縫えばまたすぐ喧嘩だ。それでは完全に治すことにはならん。医者は夫婦喧嘩は治せないと言ったが、実はこの独庵は夫婦喧嘩も治せるのだ」

「おれも仕事があるんで、早く治したいんです」

「いや、だめだ。夫婦で仲良く七日過ごすのだ。すず、傷を洗って手ぬぐいを当てておけ」

「わかりました」

独庵が待合室を出ようとすると、

「先生、そんな」

後ろから声がするが、独庵は背中で笑ったまま、控え室に戻った。

「大丈夫ですよ、あんな言い方をする時は、傷が浅いってことですよ」

待合室から、すずが男を慰める声が聞こえる。

「ほんとうかよう」

男が不満そうに言いつのった。


半刻経《た》っただろうか。

息を切らして、市蔵が大きな包みを持って帰ってきた。

「先生、買ってまいりました」

「いわし屋の番頭が、初めは六両だと言ったのです。五両しかないが、独庵先生がどうしても必要なのだと頼んでみました。すると、いわし屋の主人が出てきて、番頭をしかりつけ、独庵先生なら五両でいいと言ってくれました」

「そうか、そうか。ご苦労だった。あそこの主人にもいろいろ貸しがあるからのう」

独庵は市蔵が持ってきた包みをそうそうに開いた。

黄金色をした顕微鏡が出てきた。この時代はもちろん単眼の顕微鏡で、いまのものほど拡大率はなく、大名の飾り物としての需要のほうが多かった。

独庵はさっそく、庭の植木の葉を取ってきて、のぞき込んだ。

「ほう、葉っぱとは、これほど細かい仕組みになっているのか。市蔵、覗《のぞ》いてみるがいい」

見たくてうずうずしていた市蔵は、興味津々でのぞき込んだ。

「すごい。これで人のからだの中を覗いたらどんなでございましょうか」

「うむ、市蔵、これからはこういった器械を使った医学が隆盛していくのだ」

「しかし、独庵先生、なぜ急にこれをお求めになったのでしょうか」

独庵はにやりとして、袂《たもと》から取り出した懐紙を開いた。

「これをな、詳しく見たかったのだ」

「それはなんでございますか」

「それがわからないから、これから覗くのだ」

独庵は懐紙から取り出したゴミのようなものを顕微鏡に置くと、片目を当てた。

「うーむ、そうか……。市蔵、いろりの炭の灰を持ってこい」

「灰ですか」

市蔵は待合室へ行き、いろりの灰を匙《さじ》ですくって、そそくさと独庵のところに戻った。

「これでようございますか」

「うん、ではまずこれを覗くのだ」

最初に置いたゴミのようなものを市蔵に覗かせてみる。

「はは、なにやら燃えかすのような……」

「では、いま持ってきた灰を置いてみろ」

まず独庵が覗き込み、納得した顔をしている。

市蔵は感心している。

「先ほどと同じようなものでございますね」

「ほう、なかなかの眼力だ。初めのものは、両国屋の仙次郎の寝床に落ちていたものだ。そのあとは待合室の木炭の灰だ」

「さすがに顕微鏡です、そこまでわかるのですね。しかし、それが何か肝要なことでしょうか」

「まだはっきりしたことは言えないが、同じものだとわかっただけでも十分だ。ご苦労だった、市蔵」

何がなんだかわからないまま市蔵は戸惑っていた。

「市蔵、眼力がついてきたのう」

独庵はどこかうれしそうだったが、それが市蔵のことだけで、喜んでいるようには思えなかった。

5

診療所の前の道を北に上がって行くと、駒形町《こまがたちょう》の隅に大きな松の木がある。それを過ぎて大川沿いの道にでると、独庵が時々食事にでかける小料理屋の『浮《う》き雲《ぐも》』があった。

普段はすずが作る料理などを食べているが、うまいものが食いたいと思ったときは、『浮き雲』に寄った。

「いらっしゃいませ」

独庵が暖簾《のれん》を払い、腰板障子を開けて店に入っていくと、障子が破けそうな大きな声がした。主人の善六《ぜんろく》だ。

まるで米俵が歩いているような大柄の男だったが、独庵は江戸に出てきてからずいぶん世話になっている。

「寒いのう」

ぽつりと独庵が言った。

「今日はとくに寒うございます。あぶり火鉢を持ってきましょうか」

「いやいや大丈夫だ」

そういうと板座敷に上がった。

しばらくして、善六がお茶を持ってきた。独庵は不調法で、酒は一滴も飲まない。

「今日は何にしましょう」

「いつもの飯で」

「へい」

善六は大声で返事をすると板場へ戻った。

独庵は茶をすすった。冷え切ったからだの中を温かい茶が下りて行くのがわかる。

腰板障子が開いて、ひゅーと風が吹き込み、

「すみません。遅れました」

小春《こはる》が顔を出した。

小春は『浮き雲』のいわば看板娘だ。歳の頃は三十歳を少し回ったところで、大年《おおどし》増《ま》も大年増、娘時代はとうに過ぎている。しかし、若いころは近所でも評判の小町娘で、白すぎる肌、細身にきゅっと帯が締めてあり、小さな顔に大きな目が特徴だった。

独庵を見ると、さらに目を丸くした。

「先生、いらっしゃいませ。毎度ありがとうございます」

「寒いのう」

善六に言った言葉を繰り返した。

「いま、お料理、持ってきますからね」

小春は草履の音を立てて奥へ駆けていく。ここは江戸湾で採れた海産物料理が名物で、アサリ飯がうまかった。

独庵が来ると、アサリ飯と旬の魚料理が出てくる。

「おやじ。やはり寒いのう、あぶり火鉢を持ってきてもらえぬか」

「小春、独庵先生にあぶり火鉢だ」

奥から善六の声がした。

「はい」

しばらくすると小春があぶり火鉢を抱えてきた。

「おお、すまん」

「これで大丈夫ですね」

独庵はあぶり火鉢を受け取り、自分の前に置いた。

「ああ、暖かい……」

独庵は火鉢に手をかざした。ちょうど暖まったころ、アサリ飯が出てきた。箸をつけようとした時、また腰板障子がゴトゴトと音を立てると、さっと開き、久米吉が飛び込んできた。

小春が「先生は奥ですよ」と言うと、久米吉が小上がりに顔を出した。

「ご苦労だったな」

「先生、いろいろわかってまいりました」

久米吉は周囲を見回し、客がいないのを確かめた。

「和介はとんでもない輩《やから》のようで」

「ほう、やはりそうか」

「やはり、といいますと」

「いや、こっちの話だ。続けてくれ」

「奴には大枚三百両という借金があります」

「どういうことなんだ」

「座頭金を借りて大勝負に出て、大負けしたようです。あと二十日以内に金を返さないと奴《やつ》の命が危ないようです」

「しかし、いくらなんでも三百両とは」

「それなんです。大旦那から最初は借りていたようなんですが、結局、金貸しからも借りてしまったというわけです」

「博打か」

「へい、さようで。もうひとつ、和介の女房は二年前に、旅先で死んでまして……」

「それは、和介の博打となにか関わりがあるのだろうか」

「そこが私にはわからないんで」

独庵は腕組みしたまましばらく考え込んだ。何かを思いついたのか、火箸を取ると火鉢の炭をいじった。

「先生、何か」

いつも独庵を観察している久米吉は、独庵のいろいろな所作が独特の含意を持っていることをわかっていた。沈黙のあと、人差し指が宙を舞うような動きをしたときは、何かの結論を得た証《あかし》だったのだ。

「よしだいぶ見えてきたぞ。久米吉よくやった」

「私も、もっと知りたくなってきたところです」

「和介の女房の死について、もう少し調べてくれないか」

「はい。実はいま何枚か姿絵を頼まれていまして、両替屋の娘もいるので、和介の女房のことを聞き出せるかもしれません」

「おおそうか。ぜひ頼む」

独庵は冷えてしまったアサリ飯を食べ始めた。

6

独庵が最初に仙次郎を診察してから数日後、和介が診療所にやってきて、涙ながらに語った。

「独庵先生、なんとか義父を看取ってもらえないでしょうか。一時でも早く、楽にさせてやりたい」

「そうは言うが、患者の命は医者が決めるものではない。患者の命は最期は天命であり、医者のあずかり知るところではないのだ」

独庵は突っぱねてみた。

和介はそれでも食い下がる。

「先生のご意見ごもっとも。ごもっともですが、そこをなんとか」

和介は頭を畳にこすりつけている。

「やめなされ」

「先生が、苦しそうにしている患者を安らかに見送ってくれるということは、小耳に挟んでおります。なぜ義父にはそれが叶《かな》わぬのでしょうか」

額を畳に付けたままの和介を独庵は眺めながら、この男の本心はいったいどこにあるのかと、考えあぐんでいた。

和介に引き下がる気配はない。

「わかった。とにかくあと数日待ちなされ」

「はい、ではお引き受けいただけると」

「いや、それはなんとも言えないが、いま、しばし、時をくれ」

「かしこまりました」

ようやく和介は頭を上げた。その顔には安堵《あんど》の色があった。

和介はゆっくり立ち上がり、もう一度、独庵に頭を下げて、帰って行った。


すずが独庵の部屋に顔を出した。

「なんとなくいやなお人です。私は嫌いです」

「ほう、すずにしては珍しいことを言うではないか」

「だって、おかしいじゃありませんか。自分の義父がいくら重病だからといって、早く死なせて欲しいなんて」

「そう思うか。それももっともだが、医学というのは常に限りがある。医者が治せる病は限られているし、薬でよくなるにしても患者の生命力が弱ければ、それまでだ。だから、医者が余計な手をだして患者を苦しめるのは、医学の道ではない。まあ、和介の言うことも、あながち人でなしとも言えんのだ」

「そうですか。私はおかしいと思いますけどね」

すずは納得がいかないようだ。

すずは裕福な家の生まれではなかったが、気だてがよく、患者からの評判がよかった。

しかし、一本気で妙に正義感が強く、まだ若いせいもあって、なかなか患者の気持ちまでは読めなかった。

むろん、独庵はそれは承知の上で雇っている。すずには、それを補って余りある佳《か》処《しょ》があったからだ。

7

久米吉は和介の妻、お琴《こと》の幼なじみだった加代《かよ》のところにいた。加代も両替屋の娘だ。

久米吉の絵師としての名は、吉原《よしわら》や大店では知られていて、久米吉に姿絵を描いてもらうのが、大店の娘のはやりのようになっていた。絹糸のような繊細な線は、見るものを惹《ひ》きつけた。

「久米吉さん、まだこんな格好をしていないとだめかい」

加代はひょうきんな女だった。のっぺり顔で、ずけずけと物を言う。

「加代さん、もう少しその格好で」

巻物になった手紙を広げて、それを読むような仕草をしている。半刻もこの格好では大変だろうが、自分の姿絵ができるとなれば、無理も承知だった。それでも手前勝手な娘には、つらいことだったかもしれない。

「亡くなった両国屋のお琴さんとは、お知り合いだそうで」

「そうなんだよ。お琴さんとは、よくいっしょに芝居なんかに行ってたんだよ。でもね、和介さんが婿に来たころには、すっかり私なんかと遊ばなくなってね。お琴さんがあんなに早く死んじまうなんてね。いまでも信じられない」

「お琴さんはなんで亡くなったんですか」

久米吉は知らぬ振りで、さらに話を聞き出そうとした。

「あれ、久米吉さん、知らないのかい。駿河《するが》の親類を訪ねる途中、朝、旅籠《はたご》で死んでいたんだよ。旅籠の名だけは覚えている。確か角《かど》屋だったわね。だって、うちの屋号と同じだったから」

久米吉は絵筆を巧みに動かし、すすっと文字を書くように、加代の肩から腕までの輪郭を一気に描いた。

「そりゃいったい、どういうことで」

その筆がピタリと止まり、さらに久米吉が訊いた。

「女の一人旅だったのかい」

「いやね、もちろん大店の若奥様だから、奉公人が付き添っていたさ。ほかに男も一緒だったと、もっぱらの噂だったっけ」

「じゃあ、その男に事情を訊けば、詳しい話はわかるはずだな」

「その男っていうのは、両国屋の奉公人らしいからねえ」

「名前はわかるのかい」

久米吉が訊いた。

「そこまではねえ。ただ紀州《きしゅう》の出で、親は炭焼き職人だとは聞いたねえ」

「そうか。お琴さんは何か患っていたんではないのかな」

久米吉はお琴の死に方に納得ができなかった。

「お琴さんはいつも元気でね。でも、別の苦労があったのさ。和介さんの裏方で一生懸命やってましたよ。それなのに、和介さんは大旦那からずいぶん借金をしていたそうで、それをお琴さんはこぼしてましたよ。大旦那も婿には甘かったんだろうね」

「なんでまた、そんな借金を」

「博打ですよ」

久米吉は加代の話にいやな考えが過《よぎ》った。

「旅先で死んだって、どういう死に方だか、ご存じで」

「布団の中で眠るように死んでいたらしいよ」

「そんなことがあるんですかね」

「私はよくわからないけど。からだに何の傷もなく、朝になっていたら死んでいたというから、私もなんだか怖くなってね」

「怖いってなにが」

「何か憑《つ》きものでもあって、それに殺されたんじゃないだろか、なんて思ってね」

「そんな馬鹿なことはないでしょう」

久米吉の手が、さっぱり動いていない。

「もういいからさ、しっかり描いておくれよ」

「おっと、いけない。口は回っていても、しっかり絵は描けるからね」

そういいながら再び、久米吉は筆を走らせた。

8

屋根船がゆっくり大川を進んで行く。

師走《しわす》の川は風が刺すように冷たい。川沿いに葉を落とした桜並木が続く。

「それで、どうだった」

独庵が久米吉に訊いた。

「和介の妻はお琴といって、二年前、旅先で突然なくなっております」

「病気か」

「はい、眠ったまま亡くなっていたと聞いております」

「眠ったようにな……しかし、一人旅ではあるまい」

「はい。大店の若奥様ですから、もちろん何人か付き人はいたようです。その中にどうもお琴さんとできていたと言われる男もいたようです」

「なんと、男がいたというのか」

「それ以上は聞き出せなかったのですが、紀州の出の男と噂があったようです」

独庵は懐手《ふところで》になり、考え込んだ。その姿を見て久米吉が訊いた。

「何か」

「紀州の出か」

念を押すように独庵が言った。

「はあ、そう言っておりました」

なるほどという顔で、独庵はうなずいたが、説教をするような口調で、話を続けた。

「人の命とは実に不思議なものだ。長生きすることもあれば、若くして死んでしまう者もいる。医者が助けられるのは、ごくわずかな人だけのような気がする。医学がもっと和蘭から知恵を借りてくれれば変わるのかもしれんが、わからんことが多すぎる」

珍しく独庵が怯弱《きようじやく》なことを言い出した。

「独庵先生がそんなことをいってはなりません」

「いや、それが本当のところよ。江戸には藪《やぶ》医者も多いし、なんでもわかったようなことを言う医者もいる。人のからだはわからんことだらけだ。わからないことも、それを見抜く力があれば、何か答えは出るはずだ。もう少し探りを入れてくれ」

「へい」

「ところで、うちにときどき腹痛で来ていた喜平《きへい》という男が、どうも両国屋で働いていたようなのだ。そやつに探りを入れたい。一度飯に誘ってみてくれ。天ぷらでも食わせてやれ」

「天ぷらですか」

久米吉は独庵の意図がわからなかった。

「そうだ天ぷらだ」

「わかりました。仰せの通りに誘ってみます」

「まあ、飲め」

独庵は長火鉢にかけてあった銅壺《どうこ》からとっくりを取り出し、杯に注いだ。

飲めない独庵は、茶をすすった。

「船頭、ちょっと障子を開けてくれ」

「寒いですよ」

「いや、いいのだ」

船頭が障子を少し開けた。

「それではだめだ」

独庵は障子を押しやり、全開にした。さっと外の冷気が舟の中に入ってくる。

「独庵先生、寒うございます」

思わず久米吉が訴えた。

「いやいや、外の風は気持ちがいい。気分もすっきりするもんだ。それに風通しが悪いと病を呼び込む」

独庵は冷気にあたりながら、川沿いの店の明かりを眺めていた。

9

久米吉と独庵が屋根船で話をしてから二日経った。

「先生、独庵先生。患者さんです」

すずが大声を出した。

「ちょっと待たせておけ」

「何をなさっているんですか」

「何をって、見た通りだ」

独庵は火鉢を抱えて、頭から羽織をかぶっている。

「寒いんですか」

「ああ寒い、寒い」

「風邪でも引いたんじゃないですか。医者の不養生かしら」

「馬鹿を言うでない。寒いから、かぶっているだけだ」

「先生、患者さんですから」

ようやく独庵は羽織の襟から顔を出し、

「わかった、わかった」

羽織を着直し、きりりとした目になった。

独庵が診察室へ行くと、腹を押さえながら苦しそうにしている、五十がらみの男が横になっていた。

「ほう来たな、喜平」

独庵は苦悶《くもん》している喜平の顔を見るなり言い放った。

「腹が痛くて、たまりません」

顔をしかめる。

「そうだろう」

「えっ」

喜平はどうしてという顔をしてみせる。

「いやいや。どれ、診せてみい」

にやりとすると、独庵は着物をまくり上げて、腹を触った。右脇腹を軽く押しただけで痛がる。

「いつもの、腹の患いだのう」

「うっ」

独庵が喜平の腹を強く触ると、海老《えび》のように丸くなった。

「また天ぷらでも食ったたな」

「そんなことは……」

「いや、食ったはずだ」

「どうして、お見通しで」

「医者というものは、患者を診ているだけではないのだ。患者の後ろにあるものを見てこそ医者だ。油ものはだめだと言っておいただろうに」

「誘われて、ついつい」

「しょうがない。まあよい、いま薬を出すから」

「なんたって先生の反魂丹《はんごんたん》は効きますから」

「ところで、以前、おまえは両国屋に勤めていたな」

「よく覚えておいでで」

「あそこの若旦那の和介のことを、何か知らぬか」

和介という言葉を聞いて、明らかに喜平の表情が変わった。腹の痛みでゆがんでいた顔が、一瞬痛みを忘れて、我に返ったような表情だった。

喜平はみるからに一癖も二癖もありそうな男だった。両国屋のような札差で働いていれば、いくら旗本、御家人を相手にするとはいえ、人のいいだけの商人ではいられないはずだ。喜平が両国屋でやり手だったのは、独庵もよく知っていた。

「いいえ、あっしなど、ただの奉公人でしたので、若旦那はたまにお見かけする程度でよくわかりません」

「ほう、そうか。なかなか口が堅いではないか」

「とんでもない。何も知らないので、そう申しているわけで」

「では、若旦那が賭博をしていたのも知らぬのだな」

「なんのことやら」

「そうか、喜平。おまえはたしか、しばらく診察代を払ってなかったのう。そうだろう、すず」

大声ですずを呼んだ。

すずは待ってましたとばかりに、大福帳を持ってきて、

「はい、喜平さんには、一両二分、貸しております」

「だそうだ。どうだ喜平、今日払ってもらおうかな。でないと薬も出せんな」

「そんな……あたたた……」

再び腹を押さえて痛がった。

「ほう、つらそうだな」

喜平は痛そうな顔を続けていたが、

「わかりました、わかりました。すっかりお話しいたしますから、なんとかお代のほうはまたの機会にということで」

「そうこなくてはな」

　喜平は観念したかのようにしゃべり出す。

「あっしが両国屋に奉公しているころ、若旦那は夜ごと博打をやっておりました。毎晩、大きな賭をしてまして、あるときには一晩で五十両とか負けておりました。最初は大旦那に頼んで金を借りていたようでした。大旦那も婿には甘かったようで。あれはいつでしたか、若奥様が若旦那にひどく怒って、大旦那にもう金を貸さないように言っているのを聞いたことがあるのです。それもあってか、大旦那も金を貸さなくなって、それからは若旦那は、高利貸しから金を借りるようになったんです」

「なんという高利貸しだ」

「千成屋《せんなりや》でございます。あっしも幾度か使いに出されたことがありまして」

「千成屋は座頭がやっている悪名高いところではないか。で、女房のお琴はそれを知っていたのか」

「へい。それで、和介さんと若奥様の間もかなり悪くなっておりました」

「お琴が旅先で死んだことと、なにか関わりがありそうか」

「いや、あっしにはそのあたりのことはよくわかりません」

　喜平の口が急に重くなった。

「本当か、ごまかすとただではおかんぞ」

「滅相もありません。いまさら何をごまかそうとするものですか」

「そうか」

「先生、薬をお願いします。また痛みが」

喜平が懇願した。

「おうそうだった。いま薬を作るから待っておれ」

独庵は診察室の後ろにある薬棚から三種類の漢方薬を取り出すと、薬研《やげん》にいれ、調合を始めた。

ゴリゴリと音がしている。

独庵は薬研に力を入れているが、そこに気持ちが入ってないような、うつろな顔に見えた。

顔をしかめた喜平が、そんな姿を不安げに見ていた。

「ところで喜平、おまえはどこの出身だ」

「紀州でございますが、何か」

「紀州か、紀州の名産はなんだ」

独庵が妙なことを言い出すので、喜平は怪訝《けげん》な顔をした。

「紀州と言えばみかんと決まっておりますが」

「それくらいだれでも知っておる。ほかに何かないのか」

考える間もなく、すぐに返事をした。

「いえ、思いつきませんが」

独庵はすこし間を取り、

「そうか、わかった」

「なにかお気に召さないことが」

「いや、いいから薬を持っていけ」

独庵は薬研から、すりつぶしてできた薬を紙に包んだ。

喜平が帰ったあと、

「先生は答えを承知で聞いてましたね」

すずが上目遣いに言った。

「ほう、そう思うか」

「すずにはわかります。先生が何か質問するときは、もう答えがわかっているんです」

「そんなことはない」

「いいですから、教えてください」

すずがきりりとした目で独庵を見た。

「さっきの紀州の件か」

「そうです」

「備長炭《びんちょうたん》だ」

「炭ですか」

「そうだ、紀州備長炭は火持ちがよく、金持ちはみな使っている。親が炭焼きだったらしい喜平が知らぬはずがない」

「それが両国屋さんの一件と何か関わりがあるのですね」

「だいぶ見えてきたが、もう少しはっきりせねば」

独庵は火鉢に手を当てた。

10

仙次郎は先日診たときと、容態は変わっていなかった。息は少し早めだが、脈はしっかりと打っていた。

やせこけた顔は十分に食事が摂《と》れていないことを表わしていたが、まだ返事はしっかりでき、言葉も聞き取ることができた。店の重要なことはいまも仙次郎が決めているようだ。独庵が診察中でも数名の番頭たちがやってきて、小さな声で話をしている。

こんなときには婿の和介がしっかりすべきなのだろうが、人の出入りなどを見ていると決してそうは見えない。

奉公人が和介を信じていないように見える。

とてもこのまま看取るという状況ではないようだった。

診察を終えた独庵が、蔵の向かいにある座敷に腰を下ろした。その正面に和介が座った。

「いかがでございましょうか」

「それほど変わっていない。まだまだ生命力はあるようじゃ」

「いや、そう思われるかもしれませんが、家族にしてみればこれ以上は」

「おまえさんの言いたいことがわからんが」

「惨め、惨めでございます。義父の元気なころを考えれば、無念でなりませぬ。それにこんな書き物がございまして」

畳の上にさっと広げてみせる。

わしが病に臥《ふ》し、世の中がみえなくなったときは、迷うことなく逝《い》かせてくれ

達筆である。

独庵はその文面をじっと見つめた。

「医者というものはすべてが治せるわけでもなく、場合によってかえって苦しみを延ばしてしまうこともある。命のままに送ることも医者の使命と心得てはおる。しかし、いまの仙次郎さんを見ていれば、それはまだまだ先と言うしかない」

独庵の言葉に、和介が納得していないのがわかる。

どこかおかしい。独庵は和介の顔を見て悟った。

「おまえは、このわしに、何か隠していることがあるのではないか」

「いえそんなことはありませぬ」

独庵の目がまるで的を射貫《いぬ》く矢のような鋭さで、和介を見た。

独庵には医者としての診断力だけではなく、相手の心の中に隠された陰の部分を見抜く力があった。

和介は善良そうにみえながらも、何か闇を持つ男に見えた。

人の持つ闇の部分を見抜いてこそ名医だ。

「和介、医者に隠し事はならぬぞ。わしの目は、ごまかせん。さあ、本当のことを話せ」

「いえ、何も話すことなどありませぬ」

和介は表情を変えなかった。

「そうか。誠に残念だ。まだわしに心の内を語ることはできないというのだな。しかし、きっとわしに言わねばならぬ時が来るだろう」

独庵は立ち上がると、部屋を出て、玄関に向かった。

11

ここ数日、雪が続き、江戸の町も深い雪で覆われている。

そんな寒い中、独庵は中庭にでて、素振りを繰り返している。はだけた上半身からは湯気が立ちのぼっている。

「独庵先生」

久米吉が手拭いを手に、中庭に出てきて耳打ちした。

「喜平のことでお話が」

「うむ。部屋へ参ろう」

汗を拭って着物に袖を通すと、縁側から部屋に入り、障子を閉めた。

障子を閉めても、雪のせいで部屋の中はずいぶん明るかった。

久米吉が口を開いた。

「お琴は喜平が両国屋にいるときに深い仲になったようです。お琴はそれが和介にばれるのが怖くなり、別れ話を持ち出したんです。喜平はそれに腹を立て、どうやらお琴を殺害したようです」

「なんだと、どこでそれを知ったのだ」

独庵はまるで叱りつけるような大声をだした。

「へい。先日旅先でお琴が死んだという話をしたと思いますが、実はお琴たちが泊まった旅籠《はたご》まで行って、話を聞いてきたのです」

「そうか、久米吉、なんとも苦労をかけたな」

少し冷静になり、低い声で久米吉をねぎらった。

「お琴は駿河へ行く途中、保土ケ谷《ほどがや》宿の角屋という旅籠に、奉公人二人を連れて泊まっております。夜になって喜平がやってきたようです。旅籠の女将《おかみ》がしっかりそれを覚えていました」

「喜平もそんな危ないことをしてまで、そこへ行かねばならなかったわけだ」

　独庵は納得したようだった。

「以前も喜平とお琴がそこに泊まったことがあったようで、女将がそれを覚えていたのです。女将は深夜、喜平がお琴の部屋に入るところを見ていました。男と女のことですから、それを不思議には思わなかったようです」

「しかし、よく女将がそんなことを話したものだ。いろいろ面倒だから、そこまでは話すことはないだろうに」

　独庵は不思議に思った。

「あっしが、独庵先生に頼まれて、ここに話を聞きにきたと言うと、女将の態度がすっかり変わりまして、急に詳しく話し出したのです。お琴さんの知り合いの加代さんから、角屋という旅籠の名を聞いたとき、女将のことを思い出しましてね、独庵先生の世話になっている女将だと思ったのです」

「そんなことがあったか、はて」

「もうお忘れでしょうが、角屋の女将が江戸に来たとき、往診で住吉町《すみよしちょう》まで行き、先生が診察しているのです。ひどい腹の痛みでしたが、先生の薬が効いたのです」

「住吉町か、……思い出した。大柄の女将だったな。そう言えば、ずいぶん感謝されたような気がする」

「思い出しましたか。そのことがあったので、必ず、女将は話をしてくれると思っておりました」

「そうだったか」

「女将がおかしいと思ったのは、火鉢を二つ持ってきてくれと喜平が言ったことでした。それほど寒くない日、火鉢を二つとは妙だと思っていたようです」

「眠るように死んでいたことは、やはり火鉢と関わりがありそうだな」

「あっしもそう思います」

「お琴と喜平の仲を、和介はまったく知らなかったようで、むしろ和介が妻の金ほしさに殺したのだろうと噂されていたようです。博打で散々借金をして大旦那からも金を借りていたようですから」

「喜平は紀州の出で、紀州の名産、備長炭のことをわざと私に言わなかった。そこに何かわけがあると思ったのだ。仙次郎の寝床にあった塵のようなものは顕微鏡で見たら、木炭の灰だった。紀州備長炭の製法は門外不出、藩の外には持ち出されないようにしている。だから炭焼きでないと知らないことも多いのだ。喜平は炭を燃やすと毒気が出ることを、知っていたのではないか。炭の毒気をつかって、喜平は旅先で、お琴を殺したのだ。さらに今度は、和介をそそのかし、仙次郎を同じように炭の毒気で、殺そうとしたのではないか」

「和介は喜平に、そそのかされていただけだったのですか」

「そういうことだな。喜平は仙次郎の金まで狙っていたということだろう。和介にもういちど詰問するしかないな」


夜四つ（十時）、独庵は久米吉を連れ、雪道を急いだ。

両国屋の裏木戸を叩き、使用人を起こした。独庵の声を聞くと、使用人はあわてた様子だったが、かまわず独庵は玄関に向かった。

「わしだ、独庵だ」

激しく玄関を叩くと、使用人が戸を開けた。独庵の顔を見ると急いで、和介を起こしに行く。

和介が廊下を駆けてきた。

「独庵先生、こんな刻限になにごとですか」

「こんな刻限に来るには、それなりのわけがあるものだ。ささ、和介、本当のことを言う時ではないか。喜平とお琴のことはすっかり調べがついておるぞ。それに火鉢のこともな」

　和介はその言葉に、顔色を失った。

「和介、医者の前で隠し事はならぬぞ」

「しかし」

「いまさらなにをためらっておる」

　しばらく沈黙していたが、重い口を開いた。

「わかりました。お話しいたします」

　独庵は玄関の脇の小部屋に和介と入った。

「賭場へ行くようになったのは、義父と商売上の意見が分かれるようになってからです。義父はあれだけの大店を作ったお人ですから、もちろん尊敬もしておりました。しかし、人の話を聞かないことも多くなりまして。私としては、次第に仕事のやり方に納得できなくなりました。しかし、婿としての立場もあるので、義父に逆らうこともできずに、うつうつとして、つい博打に手を出してしまいました」

「女房とはうまくいっておったのか」

「お琴ともうまくいかなくなり、よく喧嘩をするようになりました」

「金がからむと、夫婦仲は気まずくなる」

「私が、賭場通いを止めればよかっただけのことだと今では思いますが、喜平に千成屋から借金を続けたことを脅され、義父にも漏らすと言われておりました」

「喜平とお琴ができていたのは知っていたのか」

　独庵が和介にただすと、

「薄々は知っておりました。私が婿に来たときから、お琴が私を気に入ってないのは重々わかっておりました。私が博打にのめり込んで行ったので、ほとんど話もしなくなりました。そこに喜平が入り込んで、お琴とできたのでしょう。ただお琴の死はどうも、私も納得がいっておりません」

「お琴さんは喜平に殺されたのだ。話によると喜平の親は炭焼きだったそうだ。炭を燃やすと毒気が出ることをよく知っていた。それでお琴さんは殺されたのだ。大旦那を殺せば、両国屋はおまえの自由になる。喜平はおまえから金をせびるつもりだった。だからおまえに火鉢で大旦那を殺せと言ったのではないか」

　和介は表情を固くした。

「お琴が死んだとき、私はなんとなく喜平を疑っておりました。しかし、まわりの者は、私に疑いの目を向けていたのです。なんともつらいことでした」

「そうであろうな」

独庵は大きく頷いた。

「その話を、喜平からお聞きになったのでしょうか」

「いや、わしが最初に診察したときから、大旦那を早く逝かせてほしいという理由が、どうしても腑《ふ》に落ちなかった。実は仙次郎の寝床で灰を見つけてな、顕微鏡で見て炭の灰とわかったとき、謎が解けたと思った。喜平はおまえを使って、金をせびろうとしたに違いないとな」

和介がうなずく。

「お琴が旅先で、どうして死んだのか、考えていたのですが、喜平のたくらみを知った時は遅かった。千成屋には三百両の借金をしていて、期限が迫っていました。義父に頼むわけにもいきません。それを喜平はわかっていて、大旦那を早く殺せといったのです」

「そこでおまえは、奉行所へ訴え出ようとは考えなかったのか」

「博打は御法度、もし奉行所へ行けば、私も終わりですし、両国屋もおとがめを受けるかもしれません。それができないことをわかっていたからこそ、喜平は私を脅したのです」

独庵はやはりという顔をして、口を開いた。

「大旦那が寝ていた布団に、灰があった。それでわかった。おまえは、蔵の寝床で炭をおこして殺そうとしたとな」

「炭の毒気とは、そんなに恐ろしいものなんでしょうか」

和介が訊いてきた。

「私もなんどかあるが、炭を燃やした火鉢を、狭いところで使っていると頭が痛くなる。むろん私の診療所のような安普請では、風通しがいいからそうはならんが、この間、屋根船の長火鉢でも同じようなことがあった。ましてや、蔵のような風通しの悪いところで、炭の毒を使えば眠ったように殺すことができる。炭焼きの親父《おやじ》から喜平はそれを聞いていたのだ」

和介は無言のままうつむいていたが、口を開いた。

「私が一度火鉢を蔵に入れて、窓と戸を閉め、しばらく様子を見ていると、頭が痛くなりました。義父もおかしくなったのです。喜平にそうするように言われていたのですが、最後まではできませんでした」

「おまえにもまだ良心が残っていたということだ」

独庵は諭すように言った。

「和介、喜平がどこにいるか知っているか」

「いえ、わかりません。喜平は奉行所とも懇《ねんご》ろで、奴をしょっ引かせても、たいした罪にはできないのではないかと思いますが」

独庵は頷くだけだった。

すっくと独庵は立ち上がって、

「今後はしっかり、仙次郎の世話をするのだぞ」

「はい」

和介は頭を畳にこすりつけた。


「行くぞ、久米吉」

独庵は両国屋の裏木戸から、外に出た。雪はまだ降っていた。

久米吉を供に診療所へと戻る独庵を追うように、後ろからゆっくり歩いてくる数名の影があった。

両国橋の袂で、正面に三人、後ろには追いかけてきた四人に囲まれた。

明かりは久米吉が持っている提灯《ちょうちん》だけだ、しかし、独庵にはその浪人たちがだれだか想像はついた。久米吉が前に立つ男たちに提灯を向けると、中に喜平の顔があった。

「喜平、なんというたわけたことをしでかしたのだ」

　真ん中の浪人が前に出た。

「独庵とやら、斬るのは忍びないが、ここまで知られてしまっては、死んでもらうしかない。喜平、下がっておれ」

「ほう、わしを斬るとな。武士が悪賢い町人に金で雇われたか」

　正面から二人が独庵に斬りかかった。しかし、その直前、久米吉は提灯を放り投げると、抱きかかえていた独庵の刀の鯉口《こいぐち》を切った。それは息の合った二人の歌舞伎役者のような動きであった。

　独庵は渡された刀を抜くと一瞬で上段にかまえ、斬りかかってきた二つの刀を左右にはじき返した。たまらず二人の浪人は雪の中に転がった。

　すかさず久米吉は懐から取り出した鉄絵筆を投げた。二人の浪人の太ももに、刺さった。

　後ろから来た浪人たちも斬りかかってきたが、独庵は腕力にまかせて、振り向きざまに下段から逆袈裟《ぎやくげさ》斬りですくい上げ、二人の刀をはじき飛ばした。逃げようとする喜平を追い、喜平が振り返ったところで、一撃で前額から顎のあたりまで、一気に切り下げた。これこそが、馬庭念流に独庵が加味した大技だった。

喜平には一瞬のできごとにしか見えなかったであろう。

六人の浪人が、魔物でも見たように散り散りになって走り去っていく。

雪の上には喜平だけが転がっていた。顔からまだ血が流れ出ていた。

「久米吉、おまえの言うとおり、刀を持参してよかった。川に投げ込んでおけ。土左衛門は誰もが、見て見ぬ振りを決め込むものと相場は決まっておる。奉行所も立ち入って調べはすまい」

久米吉が動かなくなった喜平を、人気《ひとけ》のない両国橋の中央まで引きずっていくと、大川に落とした。

雪のせいか水音は響かず、その場はなにもなかったような静けさだけが漂っていた。

橋の上からのぞき込んで、独庵は、

「お看取り候《そうろう》。これにて御免」

一言《ひとこと》言うと、雪の中を歩き出した。

第三話　はやり風邪（春）

1

大川に舟が一艘《そう》、鏡のような川面《かわも》を切り裂くように出ていく。堤には春を知らせる辛夷《こぶし》の白い小さな花が咲き始めていたが、舟を漕《こ》ぐ男の表情は硬いままだ。江戸の内海に出たところで、一緒に乗っていた男が大きな菰《こも》の包みを、海に投げ入れた。

ドボンという低い音がした。さらにもうひとつ菰の包みを転がすように海に落とした。

男は両手を合わせて頭をしばらく下げた。

菰の中はいま江戸で蔓延《まんえん》しているはやり風邪で亡くなった骸《むくろ》だった。

あまりに死人が多く、焼き場もいっぱいで断られる有様だった。棺桶《かんおけ》が不足し、大ぶりの桶を代用していた。しかし、それすらなくなり、しかたなく海に死体を捨てるしかなかった。

江戸市中に猛威を振るっているはやり風邪は睦月《むつき》を過ぎたころから、みるみる患者が増えて、その広がりを抑えることができないでいた。


潜戸《くぐりど》を叩《たた》く音がした。

すずはいつもと違う気配を感じた。一人ではないと思った。これはお供を連れているかもしれない。となるとお武家様か、すずは慌てて潜戸を開けた。背の高い男が立っていた。黒紋付の羽織に黄八丈《きはちじょう》の着流しである。

「拙者、北町奉行所の与力の北澤幹次郎《きたざわみきじろう》と申す。独庵先生にお目通りいたしたく参りました」

与力と聞いて驚いた。

「どうぞ、中へ」

そう言うなり、玄関まで足早に案内し、待合室に招き入れた。

塀の向こうには、少なくとも二人は、お供がいたように思えた。

「先生、北町奉行所の北澤様がみえました」

すずは大声を出しながら、独庵を呼びに行こうとした。しかし、独庵はすでに気配を察して、待合室に現れた。

北澤を見るなり、

「これは、これは、珍しいではないですか。北澤様、どうかなさいましたかな」

独庵は笑顔で言った。

すずは独庵があまりに親しげだったので、驚いた。

「急ぎの用があって参った」

二人は、奥の控え室へ向かう。向かい合わせに座ると、待ちきれないように、北澤が切り出した。

「独庵殿、知っての通り、いま江戸ではやり風邪が蔓延しており、城内でも心配しておる。公方様も何かうまい策はないか、いろいろ奥医などに相談なされたようだが、どうも埒《らち》が明かない。そんな折、奥医の中から江戸市中にいる独庵という医者に相談してみてはどうかと意見が出たのだ。御奉行の黒川《くろかわ》様も御老中から強く要望され、私が独庵殿に話を聞きにきたというわけだ。ぜひとも独庵殿のお知恵を拝借したい」

独庵は北澤の顔を見ながら言った。

「もったいないことです。私のような町医者の意見など、はたしてお役に立つものかどうか」

「いやいや、世間の評判は聞いておる。それは十分城内にも伝わっているようだ。是非とも独庵殿のお考えをお聞きしたい」

「はやり風邪を防ぐ手立てを教えろと言われますか」

「無理は承知のこと。しかし、このまま放置すれば、江戸の巷《ちまた》は死骸の山だ。何かいい知恵を貸してもらえぬか」

独庵はしばらく考え込んだ。はやり風邪が江戸市中で流行《はや》り始めた時から、これまであれこれ自分なりの考えを巡らせてきた。

「ご存じのように、城内には酒湯《ささゆ》の式というものがございます。疱瘡《ほうそう》にかかった患者を酒湯に入れて、三日後に二番湯、さらにその三日後に三番湯と決まっていると聞いております。また、香月牛山《かつきぎゅうざん》が書いた『小児必用養育草《しょうにひつようそだてぐさ》』によれば、発疹ができてから、十一日目に一番湯、中一日で二番湯を行うべきと書かれております。『御触書《おふれがき》寛保集成《かんぽうしゅうせい》』には、疱瘡、麻疹《はしか》、水痘《すいとう》には、いま述べましたようなことをするように書かれていると思います」

あまりにすらすらと独庵が意見を述べたので、北澤はあっけにとられている。

「さすがに独庵殿、もう調べはついておるというわけだな」

「いや書物にあたっていただけのことです。どうやら酒湯の式は、からだを清めるためだけではないと思われます」

「ほほう。それはどういうことだ、独庵殿」

「つまり疱瘡などにかかって、酒湯の式が終わらねば、御世嗣《およつぎ》様などに会うことはできないと思いますが、そこに重要ないわれがあると思うのです」

「申していることがわからん」

北澤はいらだったように見えた。

「申し訳ございません。酒湯の式がすべて終わるまで十四日ほどかかります。その間、病の者と、会わないということは、はやり風邪のような病にも通用するのではないかと思うのです」

「人に会わないようにするということか」

北澤はようやく意味がわかってきたようだった。

「そうでございます。酒湯の式は、からだを清めるだけではなく、ほかの人に会わないことで、疱瘡などが広がるのを防ぐのではないでしょうか」

「なるほど、そういうことか」

「あくまでも私の考えでございますから、間違っているかもしれません。しかし、はやり風邪がこれほど江戸市中で流行してしまうのは、人と人が会うことが原因ではないかと」

「なぜ、人と人が会ってはいけないのだ」

独庵にもまだ考えはまとまっていなかった。

「申し訳ありませんが、そこはあくまでも私の考えでございます。病というものがどのように伝わるのか思いも寄りませんが、人と会わないことが、流行を防ぐ最良の方法ではないかと思っております」

「なるほど、しかし、実際にはどうすればいいのだ」

「はい、私に、はやり風邪をなんとかしろとおっしゃるなら、江戸の一部の町人をどこにも出さないで半月ほど、様子を見るでしょうな」

「なんと、蟄居《ちっきょ》のようなことを、町人にさせるというのか」

「さようでございます。物は試し、その限られた町人の中からはやり風邪が出なくなるまで、人に会わないようにする」

「なるほどさすがは独庵殿だ。さっそく御奉行に進言しよう。もし実行するとなればどのあたりだ」

「少し、時をください」

「さすがに今日の今日ではな。しかし、急いでおる」

「わかりました、数日内には」

北澤は立ち上がった。

「では返事を待っておるぞ」

「はい」

玄関に立った独庵は頭を下げて、北澤を見送った。


北澤が帰ったあと、独庵は江戸市中の地図を取り出して、考え始めた。

町人を閉じ込める場所が必要だった。といって、牢屋《ろうや》に入れるわけにはいかない。

普通の生活をしながら、外との接触を断たないといけない。

まさか武家屋敷のあるところは、遮断するわけにはいかない。町人だけが住んでいて、掘割で仕切られた場所を探した。

永代橋の北に格好の町人地があった。北は仙台堀《せんだいぼり》、南は油堀《あぶらぼり》、西は大川にはばまれ、東にも堀がある。その方形の一角を鉤形《かぎがた》に仕切れないか。堀にかかる五つの橋を止めてしまえば、完全にその場所を遮断できそうだ。それで人の流れを止めることができるはずだ。

その堀で仕切られた場所には、佐賀町《さがちょう》、今川町《いまがわちょう》、西永代町《にしえいたいちょう》、富田町《とみたちょう》がある。

独庵は堀を挟んだ中川町《なかがわちょう》あたりに泊まり込んで、様子を見ることができると思った。

久米吉に、地図を見せながら説明してみた。

「どう思う」

「見張りをこの橋の袂《たもと》に置いておけば、閉じ込めることはできるはずです。ただ、かなり人手がいるかと思います」

「そのあたりは北澤様と相談だな。よし、明日、北澤様のところまで行ってみる」

独庵は早く実行に移したかった。この試みがうまくいけば、はやり風邪を早く終わらせることができるかもしれないのだ。

2

北町奉行所の小門まで行き、独庵が名を告げると、門番はすぐに通してくれた。

玄関で訪《おとな》いを入れると、一室に通された。

北澤は待ちかねたように早足でやってきた。独庵は北澤の顔を見ると、先に切り出した。

「昨日の件ですが、閉鎖する場所を考えて参りました」

「さすがだ。独庵殿、やはりやることが早い」

そう言いながら、対座した北澤が、大きくうなずいた。

独庵は早速、懐から地図を取り出して広げた。

「永代橋近くのこの場所ですが、五カ所の橋の往来を止めることで、町人の動きを抑えることができます。ただ、見張り役や中へ食料を運ぶ者もいなければならないので、かなりの人手が必要になります。いざというとき、医者も何人かいります」

「わかっておる。人手のことは心配はいらぬ。いま鷲尾《わしお》藩のほうから人手を出すことになっている」

「鷲尾藩、ですか」

鷲尾藩のことは噂《うわさ》には聞いていたが、今日の話とどうつながるのか、独庵は不思議に思った。

「鷲尾藩は、禁制品を長崎から仕入れていたことが発覚して、公方様から改易《かいえき》を命ぜられている。ところが、はやり風邪が江戸市中で流行し始めて、それに協力する人手を出すなら、お咎《とが》めなしにするということになった」

独庵は大きく頷《うなず》いた。

「なるほど、はやり風邪が猖獗《しょうけつ》を極める江戸市中で働くことは、かなり危険なことだと公方様もわかっておられるのですね」

そんな取引があったとは、独庵は信じられなかった。人手を出すことで改易が免れるとは、それくらいはやり風邪が恐ろしいものだということだ。早くなんとか手を打たねばならないという焦りなのかもしれない。

「独庵殿、すべておぬしに任せる」

北澤はそう言って、立ち上がった。独庵は北澤に向かって静かに頭を下げた。

3

草木に緑が戻り、春の穏やかな日だったが、独庵の肩にこれからの仕事の重責が大きくのしかかっていた。

独庵は北町奉行所同心の佐島剛堂《さじまごうどう》と、永代橋に向かった。佐島は北澤から命を受けて、はやり風邪撲滅策を指揮することになった。独庵は以前から、検視などで佐島とは顔見知りであった。

「独庵先生、今度は大変なお仕事でご苦労様でございます」

「北澤殿から頼まれては、断りようがない。まず四つの町を周囲から孤立させることで、はやり風邪が蔓延するのを止めることができれば、江戸市中のはやり風邪を減らすことができるかもしれない」

二人は早足で歩き続けた。

「それだけで、はやり風邪はなくなるのですか」

「城内では、麻疹や疱瘡にかかると、御世嗣様には、十四日くらいたたないと接見できないのだ。これは単なる儀式ではなく、唐《から》ですでに行われていたことで、はやり病を防ぐにはいい方法なのだ」

「人の往来がなくなればいいということですか」

佐島はまだ信じられない様子だった。

「はやり風邪は人から人へ伝わっていく。その詳細はわからないが、そこを絶つことで、広がりは減らせるだろう」

「なるほど、独庵先生のおっしゃる通りかもしれません。これらの橋の往来を止め、上《かみ》ノ橋《はし》も止めれば、佐賀町を始め四つの町は孤立する」

佐島は納得したように言った。

二人は永代橋を渡って、左に曲がった。川沿いの道を北に進み、下《しも》ノ橋《はし》、中《なか》ノ橋《はし》と渡ると、佐賀町に着いた。北には仙台堀がある。長屋がずっと並んでいる。

独庵は、北にある上ノ橋を見ながら言った。

「ここでは、上ノ橋と中ノ橋の袂に見張りを置きましょう」

佐島は懐から紙を取り出して、なにやら書き込んでいる。

独庵は前方に目をやり、仙台堀を眺めている。独庵が地図を見ながら言った。

「ここ北側一帯は、この仙台堀を越えねば移動はできない。あとは東の松永橋《まつながばし》、南の豊島橋《としまばし》と中央の田中橋《たなかばし》を押さえればいい」

「五カ所の橋の往来を止めれば、完全に孤立させることができます。先生には手前の中川町に屋敷を借りましたので、そこで十四日間の待機をお願いしたい」

「十四日間とは、なかなか厳しいですな」

「大変だとは思いますが、北澤様からもきつく命じられております。これがうまくいけば、はやり風邪の対処法がわかりますから。なにとぞよろしくお願いいたします」

「うまくいくといい。ともかくしっかり往来を止めないとだめだろう。堀を泳いで渡ろうとする者も出てくるだろうから、堀の見張りもしっかりやらないとだめだ」

独庵は念を押した。

「やはり、かなり人手はいります。お聞きになっていると思いますが、鷲尾藩から集めることになっております。といっても鷲尾藩は江戸勤番の侍が少なく、国元は仙台の北ですので、口入屋《くちいれや》の響屋《ひびき》が間に入って江戸市中から人手を集めるようです」

「響屋か、どこかで聞いたことがあるような気がする」

独庵は名前に聞き覚えがあった。

「ご存じでしたか」

「いや、勘違いかもしれない。人手のほうはお願いいたします」

「わかりました」

佐島は軽く頭を下げた。

「私は、一度診療所にもどり、明日、待機先の中川町の屋敷に行くことにします」

「人の往来は、明日から止めることにします」

「承知した。熱のあるものは、町から出しておくようにしてください」

独庵はもう一度、あたりを見回してみた。歩いている町人は、明日から起こることに気づくはずもなかった。

「わかっております。それも明日から徹底させます」

佐島は自信ありげに言った。

4

かくして、はやり風邪制圧作戦が始まった。独庵は浅草の診療所から中川町まで行き、佐島が用意してくれた屋敷に市蔵とすずを連れて入った。

「なかなか広い屋敷ですね」

すずは目を輝かせてまるで子供のように言った。

「ここは元、松平和泉守《まつだいらいずみのかみ》様の下屋敷があったところだ。松平様の屋敷は、東の万年町《まんねんちょう》へ移って、ここはしばらく空き家となっていたのだ」

独庵が座敷に座るなり言った。

「なるほど、それでこんなに立派な作りなのですね」

すずは新居に引っ越してきたかのように喜んでいる。

その時、外で呼ぶような声がしたので、すずが門まで走って行く。どこにいても診療所に居る時の癖が出てしまう。

「独庵先生はいらっしゃいますか」

上田縞《うえだじま》の着物に紋付の羽織、身なりはしっかりしている。ただの商人には見えない。

「どなた様でしょうか」

「私、木挽町《こびきちょう》で医者と口入屋をやっております大和慶安《やまとけいあん》といいます。独庵先生がここにいらっしゃると聞きましたので、お会いしたく参りました」

すずは慶安の顔を見て驚いた。

「慶安先生じゃないですか」

「ほうどなた様かな」

慶安はしばらくすずの顔を眺めていた。

「おっ、すずさんではないか」

驚いて声を上げた。

「思い出しましたか、私が独庵先生のところでお手伝いをしているのは、慶安先生のご紹介でしたよ」

「そうでしたな。すっかり忘れておりました。すずさんがどこかお医者さんのところで働きたいと言うので、独庵先生を紹介したんでしたな。で、独庵先生はいらっしゃるかな」

「はい、奥にいらっしゃいます。まだ、今朝来たばかりで片付いておりませんが」

すずは客間に慶安を通した。慶安は座敷を見回しながら座った。武家屋敷だから、ふすま絵も凝った松が描かれている。しばらくきょろきょろと部屋を眺めているうちに、独庵が姿を現わした。

ひと目慶安を見るなり、

「はてさて、慶安先生ではないか、どうしてここに。はやり風邪で大変でしょう」

「独庵先生、お久しぶりでございます。最近では医者のほうはほとんどやっておりません。口入屋が本業になっておりまして」

「おう、そうでしたな、すずを紹介いただいたのは慶安先生からでした」

独庵は納得したように頷いた。

「このはやり風邪に対して口入屋として何かできないかと思っておりました。そんな折、響屋の峰松《みねまつ》さんから、はやり風邪を抑え込むために、このあたり一帯を閉鎖するので、人手を集めて欲しいと頼まれました。それで江戸市中の人足を集めてまいりました。独庵先生がここの仕切りをなさるというので、まずはご挨拶と思い、やって来た次第です」

「それはそれは、お手間を取らせましたな」

独庵は響屋の名を佐島から聞いた時、記憶がはっきりしなかった。しかし、峰松と聞いて、仙台藩でのできごとを思い出していた。まさか、峰松と仕事をするとは思ってもいなかった。峰松にはいい思い出がない。しかし、慶安にはいまさら峰松の昔の話など言うわけにもいかず、然《さ》らぬ顔《がお》で聞いていた。

「はやり風邪の影響で、人手の足りないところが多く、忙しい限りです。しかし、口入屋稼業がはやり風邪を防ぐのに役立つなら、医者としてもうれしいものです」

人当たりのいい慶安は、患者から信頼されてきた男だった。医者としてもそれなりの知名度はあったが、人がよすぎるのが欠点でもあった。今回も峰松がからんでいるので、そのあたりが独庵は心配だった。

「今日はわざわざ顔を見せてくださり、申し訳なかった」

「いえ、いえ、独庵先生にお会いできて幸いでした。仕切りの件、なにとぞよしなにお願いいたします」

慶安の丸い顔に笑みがこぼれた。

5

佐島は見回り役を数名引き連れてきて、熱のある者や、風邪の症状のあるものは、見張りを置いた橋の外へ連れ出し、症状のないものだけを区画に入れた。

手配していた人足たちも、与えられた仕事がいかに重要かわかっているらしく、不満も言わず、てきぱきと動き回った。最初は区画内の町人も混乱していて、不平を言う者もいたが、人の出入りもおさまり、町は落ち着きを取りもどしていた。

響屋の峰松が集めた人足たちの中にはごろつきもいて、町人の出入りを監視するには重宝した。

しかし、隔離から五日くらい経《た》ってくると、町人や監視役の人足の中からも、次第に不満が出てくるようになった。

独庵が町中を歩いて見回っているときは、平静を装っていたが、少しでも監視が緩くなると、逃げだそうとする者もいた。監視役の人足に狼藉《ろうぜき》を働く者も出てきた。

完全に隔離してから六日目だった。

独庵のいる中川町の屋敷に、見慣れない二人連れがやってきた。

「先生、お願いがあります」

すずが真剣な顔をして言う。

「なんだ、藪《やぶ》から棒に」

横になっていた独庵はゆるゆると起き上がった。

「私の知り合いに加奈《かな》という人がおります。加奈は私の幼なじみですが、許嫁《いいなずけ》の庄蔵《しょうぞう》さんのことで悩み事を抱えています。ひとつ相談にのってくださいませんか」

すずに真剣な顔つきで切り出され、独庵は戸惑っていた。顔を両手でこすりながら言った。

「なんのことかよくわからんが、ともかく、今度連れてこい」

「実はもう来ております」

すずは即座に返事をした。

「なんだ。そういうことか」

すずに促されて、隣の板座敷へ行く。

すずと同じくらいの歳《とし》の女と男が座っていた。

独庵は二人をじっと眺めた。

「すみません。突然やって参りました。庄蔵と申します」

加奈のとなりに座っていた男が、正座して頭を下げた。

「よほど急ぐ用事らしいな」

独庵は探るような目で庄蔵を見た。

「独庵先生、お聞きください。私は響屋の紹介で、鷲尾藩から江戸に出てまいりました。ご存じとは思いますが、このはやり風邪を抑え込めば、鷲尾藩の改易をくいとめられる、よし、江戸で精一杯働こうと思っておりました。しかし、先生もご存じのように、江戸市中では、はやり風邪のために多くの人が療養所に入っておりまして、私はその世話をしております。すでに、私と一緒に江戸に来た仲間四人のうち三人がはやり風邪にかかって死にました。このままでは私もはやり風邪にかかって死んでしまいます。独庵先生のお力でなんとかならないかと思い、やってまいりました」

「それなら、療養所に相談するのが筋ではないか」

「それが療養所ではまったく取り合ってもらえません。しかたなく響屋の峰松様に、助けを求めましたが、埒が明きません」

「そうか、峰松に相談してもだめだったか」

「私たちが働けなくなれば、鷲尾藩が改易になってしまうかもしれません。江戸で私たち鷲尾藩の者が、役立っていると見せなければならず、このまま死ぬわけにはいかないのです」

庄蔵は悲痛な顔で言った。頰は落ちてやせこけている。よほどの刻意《こくい》があることは見て取れた。いっきにしゃべったせいか肩で息をしている。

「様子はわかったが、はやり風邪はまだその防ぎ方がよくわからないのだ。それもあって今の試し事をやっている。人と人を隔離することで広がりを抑えられるかもしれない。たまたま、城内で疱瘡や麻疹のとき、一定の期間、御世嗣様に会わせないようにする習慣があることを知り、それをいまここで試しているのだ」

「人と人を隔離するというのはわかりますが、私のようにはやり風邪の人に触れる必要がある仕事ではどのようにすればいいのでしょうか」

しばらく横で聞いていた加奈がしびれを切らして、口を開いた。

「独庵先生。このままでは庄蔵さんはかならずはやり風邪にかかってしまいます。なんとか、はやり風邪にかからぬ方法はないものでしょうか。心配で見ていられません」

独庵はしばらく腕組みをしたまま、外の景色を眺めていた。

誰もしわぶきひとつしなかった。

すずが、

「先生」

と声をかける。

独庵が振り返り、話を始めた。

「いまわかっていることは、できるだけ人から離れていることだ。それしかない。しかし、庄蔵のように人に接しなくてはならない場合、どのような方策があるのか、ずっと考えているが、思いつかないのだ。はやり風邪は咳《せき》がひどく、人からつばのようなものがかかることがある。そういったものから遠ざかるといいかもしれん」

　庄蔵は独庵の話に納得したように、話を始めた。

「参考になるかどうかわかりませんが、私の親は大工をやっておりまして、時々古い家を取り壊すこともやっております。そんなときはほっかむりをして、口に手ぬぐいを巻いております。そうしないと埃《ほこり》や塵《ちり》が口の中に入ってきて大変なことになってしまうからです」

「ほう、それは面白いな。口を何かで塞げばたしかに塵は入ってこないだろう。はやり風邪も他人の口から飛び出すつばのようなものを防いだほうがいいかもしれん」

「手ぬぐいを口に巻けばいいのでしょうか」

　庄蔵が訊《き》く。

「鼻からも入るかもしれないから、鼻と口を塞がねばならんだろうな」

「わかりました、やってみます。そういえば、臭いが苦手な人足がおりまして、口と鼻を手ぬぐいで塞いでいる者がいます。奴《やつ》なんぞ、もうかなり働いておりますが、ピンピンとして元気です」

「それもひとつの方策かもしれん。手ぬぐいを口と鼻に巻くのはやってみる手はありそうだ」

「独庵先生、ありがとうございます。少しでもはやり風邪を遠ざけることができるなら、なんでもやってみます。私が元気で働くことはお国のためでもありますから」

患者の多い療養所で働きながら、郷里のために尽くそうとしている男を、独庵はなんとか救いたかった。また、なんともうらやましくも思えた。自分は仙台藩を捨てて、江戸に出てきて、気ままに医者をやっている。そんな手前、自分の郷里のために命をかけている庄蔵の生き方がうらやましくもあった。

今、自分にも北町奉行所から江戸を救えという大きな命が出ている。それに応えねばならなかった。

「庄蔵、おまえの心がけには感心するばかりだ、弱音を吐かず向かっていく姿は、私にとっても励みになる」

「先生。もったいない言葉です」

加奈も感謝しきれない様子で、涙を浮かべていた。

なんども二人は深く頭を下げた。

二人が帰ったあと、すずが言った。

「先生はやはりいいお医者さんです」

「こんなことは庄蔵でも思いつくさ」

「いえ、つねに新しい方策を考えていらっしゃるのが、ご立派なんです」

「人は考えてこそ、道が開ける」

「私も考えていないわけじゃありませんよ」

「もちろんそうだろう。しかし、もっとだ。もっと考えるのだ。頭が痛くなるほど考えてようやく道は見えてくるものだ」

「そんなに考えると、頭がおかしくなります」

「まあ、よい。庄蔵がはやり風邪にかからずにすめば、すずの頭が多少痛いくらいなんでもない」

声を出して独庵が笑った。

すずは独庵の笑顔に不満そうに頬を膨らましたが、加奈が納得して帰って行ったので内心うれしかった。

6

町の閉鎖は混乱もあったが、数日して平常に戻り、何事もないように見えた。

独庵はその間、仮住まいの屋敷からでかけて、町の中を見回り、病人が出ていないか調べ歩いた。

江戸市中のほかの町に比べれば、ここでは熱のある患者が二人しか出ていない。その熱も一日で下がってしまった。はやり風邪ではなく、ただの風邪だったようだ。

風景だけ見ていると、一見平穏に見えてしまう町内だったが、実際には違っていた。

慶安が血相を変えてやってきたのは、すっかり暗くなった宵五つ（八時）を過ぎたころだった。

「独庵先生、独庵先生」

門の前で声がした。すずが慌てて出ていくと、慶安がそこにいた。

「どうなさったんですか」

「独庵先生はいらっしゃるか」

いつもの温和な顔つきではなく、狼狽《ろうばい》して顔から血の気が引いていた。

「お庭にいらっしゃいます」

「失礼する」

そう言い捨てて、潜戸に入り、庭に走って行く。

庭では、独庵が木刀を振っていた。

「先生。夜分に申し訳ありません」

慌てた声に、独庵も驚いたようで、木刀を縁側に置いた。

「どうした。慌てて」

「申し訳ございません。急ぎご相談したいことがありまして」

「なにかあったのか」

「この町の閉鎖のために、響屋に頼まれて私が集めた人足は、五十三名。責任者の名は私になっています。はやり風邪の最中、さすがの江戸の町でもそうそう人は集まりません。それでもなんとか人を探してきたのです。その人足のうち五名が昨日、欠落《かけおち》したのです」

「欠落だと」

独庵は表情を変えた。欠落とは逃亡を意味していた。口入屋に雇われた者が武家奉公人として仕える場合、本来は雇用主である武家が責任を取らなければならない。しかし、欠落など起きると、口入屋に責任を押しつけることが多く、口入屋に重罰が下ることもあったのだ。

だから欠落は、口入屋にとっては非常に大きな問題だった。

独庵もそれを十分承知していた。

「すぐに探させたのですが、もう江戸から消えてしまったようです」

「今度の仕事は鷲尾藩から直接、慶安さんが請けた仕事なのか」

「そうではありません。響屋の峰松から、自分のところは手一杯なので、私になんとかしてくれと頼まれたのです」

「ふむ、響屋の峰松か」

独庵はそう言うなり黙ってしまった。独庵の表情が急に変わったので、慶安は何があったのかと戸惑っている。

「何か、まずいことでも」

独庵は重い口を開いた。

「響屋の峰松には、仙台藩にいたとき、ひどい目にあっているのだ」

「どういうことでしょうか」

「響屋がまだ仙台藩で人の周旋をしていたころのことだ。長く私のところで働いていた男が辞めてしまってな。いろいろ人を探したのだが、見つからずに困っていたのだ。そんな時、峰松がいい人がおりますと言って、奉公人を紹介してきた」

「なんと、峰松は独庵先生と同じ仙台藩にいたのですか」

「そうなのだ。始めはその男も仕事を一生懸命にやっているように見えた。しかし、次第に仕事に慣れてくると、私の妙な噂を流し、大事にしていた治療用の道具などを盗み出しおった」

「奉公人がそんなことをするとは」

「峰松が紹介してきた男が、まさか悪事をはたらくなど考えてもいなかった」

「すぐに辞めさせたんでしょうな」

「もちろんそう思っていたが、ほんとに盗んだのかはっきりしなかった。私が迷っているうちに、男は欠落してしまったのだ」

「欠落すれば、口入屋の響屋が重罪に処せられる」

「そうなのだ。しかし、私のほうに落ち度があって、奉公人が欠落したと奉行所でいわれて、響屋に口入料を戻さねばならなくなったのだ」

「それは峰松が最初から何かを狙っていたのでしょうか」

「慶安さん、さすがだな。私もそのあといろいろ調べてみた。仙台藩の医者の中で、私を恨んでいる者がいたのだ。その者が響屋に頼んで、私が仕事を無理強いし、奉公人が逃げ出したという噂をでっち上げたようだ」

「なんとそうでしたか、まあ、なんともひどい目にあったものです。では、独庵先生は今度の私の場合も同じだと」

「慶安さんはじめ、他の口入屋が邪魔になったのではないかな。江戸の口入屋が少なくなれば、このご時世、濡《ぬ》れ手で粟《あわ》だ。悪い噂を作って商売の邪魔をしようと考えたのではないか」

「なるほど独庵先生のおっしゃる通り、峰松は、私を狙ってしかけてきたのでしょう。峰松が集めた人足の何人かは、初めから欠落するように言われていたのかもしれません」

「欠落が出れば、奉行所から何か言ってくるかもしれない。北澤様には私のほうから事情はよくよく話しておく」

「申し訳ありません。他の人足たちを集めて、これ以上、欠落が出ないよう説教をしてまいります」

「いや、あまりこちらから押さえつけないほうがいいかもしれん」

独庵は峰松がもっと別な手を打ってくるかもしれないと心配した。

「そうですか、ではほどほどにしておきましょうか」

慶安は独庵の言葉の意味がよくわかっていないようだった。

7

日増しに日差しも強くなっていた。十四日間の隔離は終わった。

成果は明白だった。はやり風邪はひとりも出なかったのだ。

独庵は、様子を聞きにきた与力の北澤に説明をした。

「幸いなことに、患者はひとりも出ませんでした」

独庵が安堵《あんど》の表情をうかべた。

「それは驚くべきことではないか。御奉行に伝えておく。さすがだ、独庵殿」

北澤は満足そうだった。

「このやり方がいいとなれば、なんとか対策を立てられるかもしれませんな」

「そうは言っても、江戸市中すべてが、ここのように堀に囲まれているわけではない。同じようにするには難しかろう」

「もちろん、同じようにはいきません。しかし、人の行き来を止めれば、患者の数は激減するはずです」

「しかし、独庵殿。どう考えても、江戸市中全部は難しい。日本橋界隈《かいわい》とか、かなり限定してみてはどうだろうか」

　独庵は何もせずにこのまま死人の増加を座視することは、医者として受け入れがたかった。

「江戸市中すべては無理だとしても、できることを是非やっていただきたい」

　独庵は懇願した。

「御奉行に相談してみる」

「もちろん江戸市中もですが、城内への人の出入りも止めるべきかと思います」

「それはわかっておる」

　もとはといえば、北澤が独庵に知恵を借りにきた。この十四日間の閉鎖によって、あきらかにはやり風邪は出ていない。人から人へなんらかの伝播《でんぱ》があることはわかったが、独庵にはその正体が想像できなかった。

　北澤は奉行に必ず話をすると約束をして、帰っていった。

　数日後、北澤が困ったような顔で仮の屋敷に現れた。

　独庵は隔離を解いたここの状況をもう少し観察していく必要があると、中川町に残っていた。

もし、隔離が解けて、はやり風邪が再び流行《はや》るようなら、間違いなく、隔離することはやはり風邪対策として有効であることの証明になるからだ。

北澤と独庵は座敷で対面した。

「独庵殿、御奉行に申し上げたところ、まことに結構な結果で非常に満足しているとのおおせである。しかし、申し訳ないが、さらに十四日間、ここを閉鎖してみてくれないかと言われてな」

独庵は困惑した顔で答えた。

「十四日間の閉鎖で、町人はかなり疲れております。さらに閉鎖を続けるのは、考えものです」

「わしもそう言ってみたが、御奉行はきかないのだ。御老中からきつく言われているのかもしれない。さらに十四日試みて、はやり風邪が出なければ、これはもう江戸市中を閉鎖してしまえばいいという判断がおつきになるとおっしゃるのだ」

「御奉行のお気持ちはわかりますが、町人のみならず、手伝いをしております人足たちの中にかなり不満がつのっていますから、揉《も》め事が起きるのではないかと心配になります」

独庵はこれ以上やっていたら町人が黙っていないだろうと思った。しかし、奉行からの命令を断るわけにはいかなかった。

「独庵殿、ご心労は十分わかっておる。そこをなんとか、なんとかお願いしたい」

北澤も奉行からの命に逆らうわけにもいかず、どうしようもないのだろう。

「わかりました。やってみます」

北澤は立ち上がって、念を押した。

「頼んだぞ」

玄関先で北澤を見送った。独庵は、このままではすまないと思っていた。

8

独庵は不安を抱えながら、町内を見回っていた。顔見知りになった町人は独庵の顔を見るなり言った。

「先生、あんまりだ。あと十四日もここにいるなんて、やってられねえ」

「食料は十分あるのではないか」

「食いもんだけ、やっとけばいいと思ってるかも知れんが、俺たちは犬ころじゃねえ、人間だ。閉じ込められたまま、どこまで我慢できるか、先生ならわかっているだろうに」

五十過ぎに見える男は、手ぬぐいで顔を拭うと、腰からキセルを取り出し、器用に火をつけた。

吐き出す煙が独庵の顔にかかる。

独庵は煙を手で追い払うような真似《まね》はしなかった。

「おまえたちの大変なこともわかっておる。しかし、これは江戸にいる大勢の人のためになることだ。おまえたちがはやり風邪にならなければ多くの命を救うことになる」

独庵の言葉に苛立《いらだ》ったのか、怒りを露《あら》わにした。

「なに言ってやんで、人の命もなにもあるもんか。俺たちははやり風邪にかかる前に、頭がおかしくなっちまう。それに門番だかなんだか知らねえが、見張りの奴らは夜になると博打《ばくち》をやって大騒ぎしてやがる」

「なんだと、それはまことか」

独庵が顔を曇らせた。

「知らねえんですか。どっから連れてきた馬の骨か知らねえが、あんながらの悪い連中は見たことがねえ。支給される米も奴らがピンはねして、こっちに廻《まわ》ってくる米はこんなもんだ」

男は両手を椀《わん》のようにして、突き出してきた。

「そんな真似をしているのか」

独庵は慶安がこのことを知っているのか気になった。これが奉行所に知れれば、今度こそ、慶安が罪に問われてしまうかもしれない。

独庵は急いで仮の屋敷に戻り、市蔵を呼んだ。

「すまんが、慶安を呼んできてくれないか。木挽町の屋敷にいるはずだ」

そういいながら独庵は腕組みした。

「わかりました」

市蔵は独庵の表情からかなり急いでいることを察知すると、足早に部屋を出て行った。

市蔵が出ていって、半刻《はんとき》もしないうちに、潜戸を激しく叩く音がした。すずが応対に出ていくと、慶安が立っていた。

急いで来たのだろう、慶安は肩で息をしている。しかし、市蔵の姿が見えない。

「さきほど、市蔵さんが、慶安先生のところに向かったのですが」

「行き違いになりましたか。いま患者が参ります」

「どうしたんですか。先生は奥の間におります」

「人足どうしが喧嘩《けんか》になってな」

「まあ、大変」

すずが慌てて、奥の部屋に通した。

独庵は腕組みしたまま座敷に座っていた。

「慶安先生、慌ててどうした」

血相を変えて荒い息をしている慶安を見て、独庵はただならぬことだと覚《さと》った。

「市蔵はどうしたのだ」

「どうも行き違いになったようです」

「まあよい。で、どうした」

「大変なことになりました。人足どもが博打のいざこざで、喧嘩になり、仲間を刺してしまいました。いま戸板に乗せてきます。なんとか診ていただけないでしょうか」

慶安が言い終わらないうちに、

「先生、先生」

外で大声がした。そのまま男が数名、屋敷に入ってきた。独庵は急いで玄関に回った。

腹から血を流した男が、戸板の上でうめき声を上げた。運んできた男たちが、腹を押さえている。

独庵は庭先に戸板を置かせて、苦しそうにしている男の腹を診察した。

じわじわと血があふれてきて、傷口がよく見えない。

「すず、布を持ってこい」

すずは急いで布を持ってくると、独庵に渡した。

独庵は布で傷口を拭き、一瞬傷口がはっきりしたとき、傷の深さを見た。

「先生、どうでしょうか」

仲間の男が心配そうに聞いてきた。

独庵は返事をせずに、

「すず、縫うから支度せい」

すずが針と糸を持ってくると、もう一度血を拭き取り、傷口が見えた瞬間に針を刺して傷を縫った。縫い終わると、嘘《うそ》のように出血が止まってしまった。

「幸い傷は浅かったぞ。いったい何をしたんだ」

仲間の男が答える。

「山菱《やまびし》屋が手配した連中と博打をやっていたんですが、やつら、いかさまをやりやがって。怒鳴りつけてやったら逆に斬られてしまいやして」

「そんな争いごとを起こせば、慶安殿に迷惑がかかるだろうに」

「いや、山菱屋から来た連中は、どうも響屋の峰松の旦那が声をかけたようです。どうしてあんな見え透いたいかさまをやったのか、あっしにもわかりません」

独庵は峰松が裏でよからぬ動きをしていると思った。

慶安は傷が浅かったことで、少しは安心したようだった。

「慶安さんも、これくらいの傷であれば、縫うことくらいできたでしょうに」

「いやいや、最近は医者をやっておりませんので。慌ててしまい、恥ずかしい限りです」

「医者はふた月も仕事を離れれば、ただの人じゃからな」

独庵は笑ってみせた。

「まったく申し訳ない」

慶安は頭をかいた。

「博打のことは、私もほかで耳にした。峰松がなにかたくらんでいるな」

「わかっております。ともかく奉行所には、なんとか穏便にすませてもらうよう手をつくします」

慶安は戸板の男を見ている。

市蔵が戻ってきたので、男の処置をまかせて、独庵はあとから来た久米吉を呼んだ。

奥の部屋に久米吉を入れ、話を始めた。

「今回の喧嘩沙汰は、どうも裏がありそうだ」

「といいますと、響屋が関わっているとおっしゃるのですか」

独庵は大きくうなずいた。

「慶安の話などを考えると、最初から響屋が仕組んでいたのではないかと思われる。商売敵をひとつずつつぶそうとしているようだ。まずは、はやり風邪に便乗して、慶安を陥れようとたくらんでいるのではないだろうか。久米吉、すまんが少し調べてみてくれ」

「わかりました。いまの人足の中には、あっしの知っているものもおりますので」

「そうか、頼んだぞ」

独庵がそう言い終わる前に、久米吉は消えていた。

9

仙台堀のほとりを、独庵は歩いていた。町を閉鎖すればはやり風邪が減っていくことははっきりしてきたが、閉じ込められた町人をどうなだめていけばいいのか、なかなかいい方策は見つからなかった。

これほど命が危険にさらされていても、じっと家にいることができない。独庵は、どうして人はこんなに動き回らないと生きていけないものかと思った。

金儲《もう》けするには家で座っていてはどうにもならない。物を作り、売らなければ、町人に金が入ってこない。

医者がいくら正しいと思ってやったことでも、町人にとっては生業《なりわい》の妨げになってしまうこともある。

隔離の大切なことを、町人たちに理解させなければならなかったが、それには時が必要だった。

「独庵先生」

後ろから走ってきたのは慶安だった。

「どうしたのだ」

「やはり、奉行所からお達しがきました。このままでは口入屋を閉めないといけなくなりそうです」

「そうか、どうしたものか。人足の博打や、喧嘩、果ては欠落があれば、奉行所としては看過できないのだろう」

「先生、ここはなんとか収めていただけないでしょうか。先生が懇意にしている北澤様にお願いしていただけないかと思いまして」

　独庵は頷いた。

「もちろんそれはわかっている。しかし、今回のことは何も慶安さんの件だけではない。こんどこそ響屋の峰松をなんとかしなければなるまい」

　独庵は腰をかがめると石をひとつ拾い、堀に投げ入れた。石は川面で一度跳ねて沈んだ。慶安は独庵の様子をうかがうように、黙ったまま、じっと眺めている。

「わかっておる。北澤様には私から言っておくが、奉行所にも体面があろう、そう簡単に奉行所も引き下がるわけにはいくまいて」

　慶安は不安げに頭を下げた。

江戸市中のはやり風邪はいっこうに収まる気配がなく、死者の数は増えていった。隔離策に効果があるのはわかったが、それが城内のような限られた場所なら有効だが、江戸市中全体となるとかなり難しくなる。

独庵は八丁堀《はっちょうぼり》に近い東湊町《ひがしみなとちょう》にある北澤の屋敷まで出向いていた。屋敷の座敷で、北澤と向き合っていた。庭に面した障子が少し開けられていて、隙間から暖かい日差しが入ってくる。

「今回の慶安の件、なんとか穏便にお願いできないかと思いまして」

独庵が小声で言い、頭を下げる。

「独庵先生、慶安のことは私もなんとかしたい。しかし、御奉行からもきつく言われてしまってな。ここ最近は、口入屋からの徒《かち》、若党《わかとう》、陸尺《ろくしゃく》、中間《ちゅうげん》など武家奉公人が増えたこともあり、武家屋敷でいろいろ悶着《もんちゃく》も起きておる。寄子《よりこ》の不届きな行動は、御奉行も頭を悩ませていることなのだ。だから不祥事をおこせば慶安のような口入屋も取り締まらねばならん」

「ごもっともです。しかし、今度のことで、とんだ目に合ったのは慶安かと。すべて響屋がしかけたことではないかと思いますが」

独庵は食い下がった。

床の間には大きな掛け軸がかかっており、花器には真っ赤な牡丹《ぼたん》が活《い》けてあった。

「慶安がもともと医者として立派な男であることは知っておる。しかし、世話好きが高じて口入屋をやりだした頃から、それをよく思わない連中も多くてな。江戸市中にはあまりに口入屋が増えてしまい商売敵が多いのだ。医者が口入屋を兼業するとなったら、以前から口入屋をやっていた連中にしてみれば、でしゃばるなと言いたいところだろう」

「それはわかります」

「独庵殿、奉行所は江戸全体をまとめるのが仕事だ。商人どうしの争い事はさけなければならん。武家奉公人の中には欠落して、江戸を出て行っても、知らぬまに戻ってくる者もある。別の名をかたってまた働くものも多く、江戸の風紀が乱れて、手をやいているのだ」

「口入屋から手配された武家奉公人の不祥事は、私も噂では聞いております。慶安は私の医者仲間ということもあり、なんとか慶安の口入屋の取り潰しだけは避けていただきたい」

「しかし、刃傷《にんじょう》事件や博打を知っていながら、奉行所が何もしないわけにはいかんだろう」

「ごもっともです。ただ裁きはもうしばらくお待ち願えないかと」

独庵は北澤の顔を鋭い目つきで見た。

「独庵殿に何か名案でもおありか」

北澤は独庵の真剣な面差《おもざ》しに驚いたようだった。

「私におまかせいただければ」

「わかった。いましばらく慶安の処罰のことは待っていよう」

「ありがたいことです」

北澤が強く出られないのは、こたびのはやり風邪隔離策以外に、独庵に大きな借りがあったからだ。無論独庵も言葉にしなかったが、それがわかっていたからこそ、北澤を納得させることができたのだ。

数年前に北澤が誤って罪のない町人を斬ってしまったことがあった。それはたまたま事件の現場から走り出てきた男だった。いくら奉行所の与力でも、罪もない町人を斬ればそれなりの罪を問われる。独庵が間に入って、町人は病死だと診断して、北澤を救っていたのだ。

独庵は、北澤の屋敷を出ると、浅草諏訪町にある自分の診療所に向かった。

10

大川堤の桜の花が咲き始めて、あたりは薄桃色の風景に変わってきていた。

はやり風邪がこれほど、江戸市中に流行って死人も多くいるというのに、桜の風景はまったく去年と変わっていない。

はやり風邪があったとしても、自然の風景は変わらないものだと、独庵は改めて感心していた。

仮の屋敷から診療所に戻った独庵は薬棚の整理を始めた。はやり風邪に特別に効く薬はなかったが、熱を下げる薬は、時々処方していた。ただ、熱を下げたほうが、治りが遅くなるような気もしていた。

医者はなんでも薬を出して一人前というような気風があるが、本当の名医は、患者の症状を診て、むやみに薬を出さない。しかし、熱を下げないことが、なぜ治りを早くするのか、独庵にはまだ理解できなかった。

久米吉独特のすり足のような足音が聞こえてきた。

「先生、響屋のことがいろいろわかってまいりました」

「そうか、ご苦労だったな」

独庵は座り直し、久米吉を見た。

「姿絵を頼まれた武家屋敷にいた中間頭から、いろいろ響屋のことを聞き出すことができました」

「町の閉鎖をするために人足が必要になることを、どうも響屋の峰松はかなり早くから知っていたようです。中間などから人足が必要になることを聞いたのでしょう。口入屋は武家屋敷で働く奉公人を斡旋《あっせん》してますから、今度のように江戸市中で働く、それも病気になる危険がある仕事となれば、かなりの荒くれ者を集める必要がある。そのあたりは響屋としては、ほかの口入屋よりは、早く動きだしたようです」

「仙台藩の武家奉公人でも、響屋から来た者は怪しい者が多かった」

「そうでしたね。響屋は奉公人が決まると、口入料、口銭《こうせん》、世話料などと称して、武家と奉公人の両方から金を取っていたようです」

「口入屋はそうやって倍儲かる仕事だというからな」

独庵にも響屋の手口がわかってきた。

「しかし、今度の仕事は、人足たちがはやり風邪にかかってしまうかもしれない危険な仕事でした。それを知らせずに、雇い入れたようです。実際、独庵先生の命で閉鎖された場所では大事なくよかったのですが、ほかで働く人足たちは、たくさんの者がはやり風邪にかかって死んでおります。田舎の借金を抱えてやってきた、何も知らない人足ばかりですから、ひとたまりもありません」

久米吉は憮然《ぶぜん》としていた。

「響屋のこの話だけでは、慶安に対する裁きを止めることはできないな。峰松のもっとあくどい商いを探しださないと無理だ」

独庵は困ったという表情をしてみせた。

しかし、久米吉はそれを見越していたかのように笑った。

「もちろん、よく承知しております。響屋の別の弱みを見つけようと思い、もう一度、中間頭に聞いたのです。というのも、この中間頭、女で悶着を起こして、あっしが面倒をみたことがありましてね。あいつ、あっしには頭が上がりません」

「さすがだな、久米吉。それで」

独庵は身を乗り出した。

「響屋の峰松は以前から奉公人を使って、金をせしめていたようです。いまから三年前のことです。峰松は口入屋の相模屋《さがみや》を通して徒や中間の奉公人を、磐井《いわい》藩の武家屋敷に送り込み、事件を起こしたようです」

「欠落させたのか」

「いや、そんな生やさしい話ではありません」

　久米吉は自信ありげに言ってのけた。

「このところ武家奉公人の盗みが噂になっていますが、峰松は相模屋を通して送り込んだ奉公人に盗みを働かせ、欠落させてしまったのです」

「そんなことが起これば、相模屋はもちろん、雇った磐井藩にも懲罰が下るではないか」

「そうなのでございます。実際に相模屋はそれがきっかけで、口入屋を取り潰しになっています。磐井藩のほうはお咎《とが》めまではなかったようですが、当の峰松はまったくなにも科せられていないのです」

「どうしてそこまでわかったのだ」

「実は、中間頭以外にも証人がいやしてね。磐井藩にいた徒の一人が浪人になっていて、私のところに姿絵を習いたいとやってきたのです。その事情を聞いているうちに、峰松の悪事がわかってきたのです」

「奉行所がまったく峰松を罰していないのは妙だな。そんなことはすぐ勘づくだろうに。これはもしかすると北澤様も一枚かんでいる話なのかもしれんな。でかした久米吉、これは使える」

　独庵は次に打つ手が決まったと言わんばかりに、大きく頷いた。

11

　独庵は再び北澤の屋敷に出向いていた。

「独庵殿、まだ閉鎖のほうは滞りなくやっておるのであろうな」

　独庵の急な訪問に、北澤はさぐりを入れるように話しはじめた。

「もちろんでございます。まだ続けております。しかし、今日はそれとは全く別の話でうかがいました」

「ほう、なんだ」

　北澤は勘が鋭い男だ。

「慶安先生のことです」

「また慶安か、私も困っておる。慶安が立派な医者であることは十分知っておるが、欠落の一件を、放っておくわけにもいかないのだ」

　北澤は一見困惑しているように見えた。

「慶安先生のことももちろんですが、今日は響屋の峰松の昔の悪行のことです」

独庵がずばりと言うと、北澤は凍り付いたようにからだの動きを止めた。

「どういうことだ」

「三年前の話でございます」

北澤が口をへの字にまげた。

「響屋が同業の相模屋を通じて、磐井藩に武家奉公人を出したのはご存じかと思います。その中から何名かが金を盗んで欠落しているようです。しかし、なぜか手配元の響屋の峰松は何も罪に問われていないようですが、おかしくはないですか」

「独庵殿、わしになにか関わりがあると申すのか」

北澤は独庵を見た。

「いえ、私は北澤様のご意見を伺いたいのです。相模屋や磐井藩が責任を問われるのは当然です。しかし、これだけ大きな事件でありながら、なぜか手配元の峰松が罪に問われていない。これはおかしな話だと思いませんか」

「さあな。ちゃんと、御奉行が双方から話を聞いた上で下した裁きだ」

「その通りでしょう。北澤様には関わりのないことだと承知しております。ただ、私には納得できないのです。近々、はやり風邪のことで城内へ上がります。そのとき御老中の耳に入れておいたほうがいいのではないかと思うだけです」

北澤は口をへの字に曲げたまま、黙っていたが、おもむろに口を開いた。

「独庵殿、世の中にはあまり明らかにすべきでないこともある。それが百万の都邑《とゆう》、江戸を治めていくには欠かせないのだ」

「わかっております」

独庵は大げさなほど大きく頷いた。

「いつもいろいろ世話になっていることは十分承知しておる。慶安の件もなんとか収めようと思っておる。峰松の件は何も知らないが、御奉行に迷惑がかかってしまうと大変なことになるでな」

「さようでございます。それだけは避けなければなりません」

「では、独庵殿、わかっておるだろうな」

「はい、そのためにも、なにとぞ、慶安の件、よろしくお願いいたしたいのです」

北澤ははっきり返事をしない。

「いま拙者もはやり風邪のことで手一杯だ。これ以上、悶着を起こしたくない。慶安の件は安心してくれ、私のほうで案配しておく。峰松の件は腹に収めてくれ」

しかし、独庵は引き下がらなかった。

「実は私も仙台藩におりましたとき、峰松にひどい目にあっておりまして、このまま峰松を放っておくわけにはいかないのです」

「なにか考えがあるのか」

「慶安の今回の事件を不問に付すことはもちろんですが、峰松を呼んで今回のことは、なんらかの責任をとらせていただきたい」

北澤は独庵の言葉にしばらく考えこんだ。沈黙が続いたあと、決心をしたように言った。

「わかった。峰松を呼んで直接申し渡しておく」

「よろしくお願いします」

独庵は頭を下げてはいたが、また北澤に貸しを作ったと思っていた。

長い付き合いで、お互いに弱みを握っているところもあって、それを利用してきた。今回は独庵に分があったようで、北澤も強気に出ることができなかった。

12

北澤が実際に峰松を呼んで、責任を取らせたと、独庵は慶安から聞いた。

その結果、響屋が責任を持って、直接人足を補充することになった。慶安が人手不足で困っていたので、それだけでも助かる話だった。北澤がうまく峰松を使ってくれたと独庵は思った。

閉鎖中のところに人足五人が送られてきた。慶安は喜んでいたが、二日経ったところで事件が起きた。

送られてきた人足と一緒に仕事をした者が三名、発熱を訴えたのだ。

仮の屋敷にいた独庵のところに市蔵がやってきて、その様子を説明した。

「先生、非常にまずいことになりました。人足たちが熱をだしてひどい咳をしています。たぶんはやり風邪ではないかと思います」

「これは峰松にやられたな」

独庵は即座に答えた。

「どういうことですか」

「峰松はわざとはやり風邪にかかった人足を送り込んだのだ。慶安に対する嫌がらせだ」

北澤との内密な話を市蔵に言うわけにはいかなかった。

「北澤様に呼ばれたことで、慶安先生に恨みを持ったのですね」

「まあ、そうだ。早く手を打たねば、はやり風邪が広がってしまう。人足部屋まで行くぞ」

独庵は立ち上がると、山岡頭巾《やまおかずきん》をかぶった。これは独庵が考えた方法だった。これをかぶれば、頭と口元が布で隠れることになる。

庄蔵が話していた大工のほかにも、炭焼きや鉱山の職人は、口に手ぬぐいを巻いて、仕事をしていた。口の中にゴミや塵が入らないようにするためだった。それは本で読んで知っていた。

独庵もはやり風邪は口から何かが入ってきて起こるものではないかと想像していた。もちろんそれが何かはわからなかった。だが、口を蔽《おお》うのは意味があると考えたのだ。

独庵は中ノ橋を渡り、人足が集まる長屋に向かう。市蔵も後を追った。

東の端にある松永橋の袂に、人足の長屋があった。

頭巾をかぶった独庵を見て、人足たちは驚いたようだった。

「頭巾のまま、失礼する。医者の独庵だ。熱の出たものは何人いるのか」

独庵の緊張した声に、騒がしかった人足の長屋も急に静かになった。

人足頭が出てきて、

「先生、こんなところまで来てもらって、もったいねえ話だ。熱が出たのはいま四人いる。響屋から来た人足の一人は始めから熱があったようだが、黙っていやがった」

「よし、熱のある者や具合の悪い者はすぐにここを出てくれ」

静まりかえって納得したようにみえたが、突然、人足の中から大きな声がして背の大きい男が出てきた。

「先生よう。俺たちはこんなところに追いやられて、町人の雑用ばかりやらされている。まったくこれじゃ人足はみな、はやり風邪になっちまう。そうだろう、みんな」

男に煽《あお》られた仲間が、大声で「そうだ、そうだ」と異口同音に叫んだ。

「苦労をかけているのはわかるが、もう少しでこの仕事も終わりだ。なんとか、がんばってくれ」

「いんや、やってらんねえ。それに響屋の峰松の野郎がもう堪忍ならん」

奥からも「そうだ」と声がする。

人足は元々浪人やら地方から出てきた農民が多い。江戸に住み着き、いろいろな口入屋を転々としている。

武家奉公人になれば、それなりの安定した収入もあるが、人足として雑用ばかりまかされていては、いつ首を切られるかわからない。だから常に不満を持っていて、どこかにそれをぶつけなければ、収まらない状況になっていた。

「不満はわかる。しかし、なんとか我慢してくれ。発熱した者は仮の屋敷で治療する」

独庵がそこまで言うと、人足から声がした。

「先生の屋敷でか」

「そうだ。私が診るから心配するな」

「わかった。さすがに先生だ。そこまでしてくれるんなら、俺たちも頑張ろうじゃねえか」

大男は振り返り、仲間に納得させるような言い方をした。それでざわつきが収まってきた。

「とにかく、はやり風邪は隔離しておくことが非常に大切なことはわかってきた。それによってはやり風邪が収まるのだ。はやり風邪は口から入る。頭巾のようなもので口元を蔽えば、はやり風邪にかかることはない。手ぬぐいでもいいから口と鼻を蔽うのだ」

「わかりました。ありがたいことだ。わしらのようなものに、そんな気を遣ってくれるとは」

説得がようやく効いたようで、独庵は熱の出た数名を連れて仮の屋敷に戻り、奥の部屋に患者を入れた。

独庵が部屋を出て行こうとすると、その中にいた男が独庵に声をかけた。

「独庵先生、あっしは久作《きゅうさく》といいます。あっしの女房は端女《はしため》として峰松に雇われて、武家に奉公していたんです。それがまったくひどいところでして、休みもなく働かされて死んじまったんです。そんなふうに死んだ端女はうちの女房だけじゃないんで。今度のこともこんなひでえ真似しやがって、もうあっしは我慢できねえ。女房の敵《かたき》も取りたい」

げっそりやせた男は怒りでからだを小刻みに震わせていた。

「久作と言ったな。早まるでない。そんなことをすれば、おまえが裁かれることになるぞ」

「敵《かたき》がとれれば、あっしが死罪になっても、かまうもんか。仲間も助かるってもんだ」

「おまえはいくつだ」

「二十六で」

「死ぬにはもったいない、馬鹿な真似をするでない」

「先生にはあっしの気持ちなんかわかるはずがないんでさ。あっしらみたいな人足は、だれもかばってもくれない。せめて恨みだけでもはらせれば、それでいいんで」

「何を言うか、命をなんと思っている」

独庵は大声を出した。あまりの大声でさすがに久作も驚いて黙ってしまった。

「医者は命を助けるのが仕事だ。それが人足であろうと、武士であろうと同じことだ。早まるでないぞ」

独庵はこのまま久作がおとなしく引き下がるか確信は持てなかったが、

「とにかく、今ははやり風邪を治すことだ」

自分にも言い聞かせるように言い放った。

13

二度目の閉鎖も終わった。

峰松が送りこんだ人足のせいで発熱し、独庵のところで診ていた人足も、悪化せずに治っていた。

独庵のいる仮の屋敷に、北澤と峰松がやってくるという噂が流れていた。むろん、その噂は人足たちにも伝わっていた。

というより、久米吉がそのことを人足たちにさりげなく耳打ちしていたのだ。

それは独庵の指示だった。

閉鎖が終わって二日経ったところで、噂通り、独庵の仮の屋敷に北澤が先にやってきた。北澤には連れの者が二人いた。北澤一人が屋敷の座敷に上がり込んだ頃、峰松がやってきた。

遅れて座敷に上がってきた峰松は表情も変えず、

「このたびはいろいろご苦労をおかけいたしました」

仙台藩での事件など何もなかったように挨拶をした。仙台藩にいた頃よりずっと太って、丸々としたからだを持て余しているようだった。

「私は飲めないが、どうです。一杯」

独庵が二人に酒を勧めた。二人は勧められるままに、酒を口にした。

「いやいや、今回はご苦労かけた。独庵殿のおかげでうまくいった。胸を張って御奉行にご報告申し上げることができる」

北澤はご機嫌のようだった。峰松は独庵の顔を見ようとせず、北澤の言葉に相槌《あいづち》を打っていた。

半刻もいて、ほろ酔いになったところで、先に北澤は帰って行った。

市蔵は北澤が帰ったあと、すぐに飛び出していき、人足長屋のほうへ走った。

峰松は独庵とほとんど話をしないまま帰ろうとしている。

「峰松さんも今回はいろいろご尽力、ご苦労でしたな」

わざとらしい挨拶を独庵がした。さすがに峰松も黙っているわけにもいかず、

「なにをおっしゃいますか。独庵先生の働きがあってこそでございます」

と、しれっとして返事をした。

しかし、これまでの数々の悪事、さすがの独庵も怒りを収めるのに苦労するほどだった。


峰松は独庵の仮の屋敷から出ると、大川沿いを下って行った。もうすっかり暮れて人気《ひとけ》も少ない。

独庵と久米吉は距離を置いて後をつけた。市蔵から連絡を受けた久作が足早にやってくると、独庵の前に割り込むようにして峰松の後を追った。

風が大川を抜けていき、夕暮れ時になるとまだ肌寒い。

永代橋近くになったとき、久作が峰松に追い付いた。

「おい、まちやがれ。峰松」

後ろからの声に驚き、峰松が振り返った。すでに久作は匕首《あいくち》を持って、峰松に突きかかろうとしている。

その時、後ろから独庵が走り寄って、久作を突き飛ばした。久作は土手下に転がっていく。

峰松は土手道を、永代橋のほうへ走って行く。独庵も追走した。併走する久米吉が独庵に刀を投げると、独庵は走りながら受け取り、同時に刀を抜いた。

「待て、峰松」

独庵が声をかけると、峰松が走りながら振り返った。その瞬間、刀は峰松の頭を上段から切り裂いた。峰松はそのまま、川辺にどうと転がり落ちて、渡し場で止まった。渡し場にははやり風邪で死んだ骸を積んだ船が舫《もや》ってあった。峰松は船のわきまで転がって、全く動かなくなった。

独庵を追ってきた久作が、怒ったように言った。

「先生、なぜ、あっしに殺《や》らせてくれなかった」

「おまえが殺れば、罪を問われてしまう。まだ先のある人生ではないか。敵討ちなど私にまかせておけ。医者は奉行所に死んだわけなどなんとでも言える。それにあれだ」

死体が積んである船のほうを指さした。頭から筵《むしろ》をかぶせてしまえば、峰松の死体は、はやり風邪で死んだものとしか見えない。

「おあつらえ向きに船は骸でいっぱいだ。どうだ、これで気はすんだか」

独庵は刀を収めた。

「申し訳ねえ。あっしのために」

久作が深々と頭を下げた。

「いや、おまえのためだけではない。実は……」

と言いかけて独庵は、自分の額をぴたんと叩いた。

くすっと笑った久米吉を引き連れて、独庵は両国橋のほうへ歩きだした。

久作はずっと頭を下げていた。

14

独庵の努力もあって、はやり風邪は三月《みつき》かかって収束していった。

江戸は以前とまったく同じように活気を取り戻していた。

あれだけの人が死んだにも拘《かか》わらず、人々の暮らしは何もなかったように変わっていなかったのだ。

「先生、ようやく江戸が落ち着きましたね。これで安心です。加奈も庄蔵さんも元気ですし」

すずはうれしそうに言った。

「いや、見た目では江戸は変わっていないが、かならずまた、同じようなはやり風邪がやってくるだろう。今回のことをうまく活かせればいいが、それはなかなか難しい。このはやり風邪を知っている人が百年後には、もうこの世にいないからな。はやり風邪が消えてしまうことはない。これから生きる私たちが慣れていくしかないのだ」

独庵の表情は真っ青な空に比べ、曇ったままだった。

第四話　効く薬（夏）

1

静まりかえった昼下がり、煮えたぎった油の跳ねるような蟬《せみ》の声だけが市中に響き渡る。

真夏の強い日差しは容赦なく降り注ぎ、歩く人影もほとんどない。

独庵の診療所も夏になると、患者が減って、暇になってくる。診療所にやってくるのは金傷《きんしょう》のような外科の処置が必要になるけが人か、毛虫や蜂などに刺された患者ぐらいだった。

静けさを破って潜戸《くぐりど》を叩《たた》く音がした。

すずは、こんな暑い中をやってくるのはだれだろうかと想像した。

患者ではないと思った。潜戸を叩く音が同じ間合いだったからだ。患者ならもっと早く叩く、どこかのんびりした叩き方だった。

しかし、あかいが何事かと思うほど吠えている。

「どなたでしょうか」

潜戸越しにすずが訊《き》いた。

「甲州屋のお雪でございます」

お雪のことは、久米吉や市蔵からいろいろ聞いていたので、これはまずいことになったと心配した。独庵は会わないと思ったからだ。

「なんで、ございましょう」

「独庵先生にお話を聞いていただきたいと思って参りました」

すずはどう応えようか迷って、しばらく返事をしない。

「お手間をとらせませんので」

察したのか、お雪が先に言った。うまいいいわけを思いつけなかったすずは、しかたなく潜戸を開けてお雪を中に招き入れた。

「申し訳ありません。どうしても独庵先生にお伝えしたいことがありまして」

「こちらへ、どうぞ」

すずは前を歩き案内した。お雪は後から続いた。薄黄色の地の色に真っ青な大川が描かれた留め袖を着ている。

「ここでお待ちください」

すずは、上がり框《かまち》にお雪を腰掛けさせ、独庵を呼びに行く。

独庵は控え室で、苦虫を嚙《か》み潰したような顔をしていた。お雪の声が聞こえていたようだ。

「すみません。うまく断れなくて」

小声で言うと、すずが申し訳なさそうに頭を下げた。そのしおらしい姿を怒るわけにいかない。

独庵は「まあ、よい」と一言《ひとこと》言い、立ち上がって待合室に向かった。

人のいいすずに、強引なお雪を断れるわけがないと、わかっていたからだ。

独庵が待合室に行くと、お雪は笑顔で迎えた。

「診療所までおしかけて申し訳ございません」

「なにか急なことでも」

平静さを保とうとしているが、言動がどこかぎこちない。

廊下から眺めていたすずは、独庵のうろたえた姿が、おかしくなって思わず口を押さえた。

「ぜひ、お耳に入れたいことがありまして」

お雪はいつもより、ずっと落ち着いた口調だった。

「なんですか。ここではなんですから、診察室へ」

独庵はあまり気が進まなかったが、すずの目も気になった。それもあり、隣の診察室にお雪を招き入れた。

座り机をはさんで向き合うように座る。風がほとんどない日で、障子は開け放ってあるが、座っているだけでも汗が出てくる。お雪を前にして、独庵はさらに汗が滲《にじ》んでくるように思った。

「いま、江戸市中で、あやしい薬が流行っているのをご存じですか」

お雪が珍しく医学のことを言うので、独庵は驚いた。

「あやしい薬とはまた」

「いえ、本当は偽薬と言えばいいのでしょうか。効きもしない薬を飲んで、かえって病気を悪くしている人もいるようです」

「そんな効かない薬を誰が使うというのだ」

「そうなんです。私も初めは、それを不思議に思いました。どうも医者を名乗る二人組の男が、お年寄りをだましているようなのです。その手口はよくわからないのですが」

「なんという薬だ」

「桜花神教丸《おうかしんきょうがん》と言われています」

「聞いたことのない薬だな」

独庵はいつになく真剣な表情のお雪の顔を見た。

「私の知り合いが、この薬にだまされたのです。ほかにもたくさん被害を受けているようです。医学とはなんの関わりもない私ですが、さすがに黙っていられなくなり、独庵先生のところに来てしまいました」

「桜花神教丸とやらで、実害が出ているのは確かなのだな」

「はい、さようでございます」

いつものお雪とは思えない、全く違う面をみたような気がしていた。

「そうか、お雪どのがそこまで言うなら、調べてみよう」

「ありがとうございます。独庵先生なら、なんとかしていただけると思って、うかがいました。それにもうひとつ、以前、お約束した『八百善』でのお食事、いかがでしょうか。別の相談ごともありまして」

いつも断り続けていたし、何度も金をせびっている甲州屋主人の伊三郎の手前もあり、約束を一度、果たさねばとは思っていた。

それでも独庵は返事をしぶっていた。独庵の表情を読み切ったようにお雪は、

「では二日後のお昼に、迎えの駕籠《かご》を診療所にやりますので」

独庵は断りようもなく、黙って頷《うなず》いた。

いつもなら、なにかといいわけをして逃げてしまうところだったが、偽薬の話を持ってきたこともあり、このままむげに断るわけにいかなくなったのだ。

お雪は会釈をすると、さっと立ち上がり、診察室を出て行ったが、去ったあとには、伽羅《きやら》の残り香が漂っていた。

独庵は懐から手ぬぐいを取り出し、額の汗を拭った。

蟬の鳴き声がさきほどよりさらに、大きくなったようだった。

2

『八百善』は江戸では最も知られた高級料亭である。さすがに独庵の稼ぎでは来られるところではない。

お雪が誘ったのは、そんなことをわかっていてのことだった。

『八百善』の二階に二人はいた。

ふすまには金泥《きんでい》で松が描かれ、床の間には石川丈山《いしかわじょうざん》の書が飾ってある。藍鍋島《あいなべしま》の皿に松皮《まつかわ》しんじょにした鯛《たい》が運ばれてきた。出てくる料理、器、すべてに気配りが行き届いている。

「すごい。これが有名な松皮しんじょの鯛ですか」

独庵はうなるばかりである。

「こんな食べ物があるとは」

「喜んでいただければうれしいです」

お雪はどんどん料理を勧める。

「独庵先生は、私が贅沢《ぜいたく》をしている大店《おおだな》の娘と思っていらっしゃるのでしょうが、これでも苦労をしております」

　お雪が急に姿勢を正し、話し始めた。いつもよりきりりと締まった目つきになっている。

「いやそんなふうには思っていないが」

　独庵は急に、お雪が深刻な顔をするので、驚いた。

「実は、私が好きだった人が病気で亡くなっているのです」

「そうか。何の病だったのだ」

「疝痛《せんつう》発作がひどく、それが治らず亡くなりました。奥医の静沢《しずさわ》先生に診ていただきましたが、手の施しようがないと言われました」

「それはいつの話なのだ」

「三年前でございます。その方とは、結納をするはずでした」

「そうであったか。なんとも残念なことだ」

「もし、独庵先生がそのときいらしたら、治ったのではないかと、いまでも残念でなりません」

「いやいや奥医のような方が診てだめなら、私が診てもどうにもなるものではない」

「いいえ、そうは思いません。いままでもいろいろな患者さんを治してきたのを、知っております」

「だからと言って、いまさらどうにもなるまい」

　独庵はそう言いながら、皿にある魚をつついた。

「先生は、その病気を治せたとお思いになりませんか」

「それは病気次第ではないか。医者が治せる病気は限られたものだ」

「そうなんでしょうか。いま江戸で流行っている薬など、もしあれが偽薬でなく本当に効く薬であれば、助かる命もあるでしょうに」

「しかし、特効薬というのはそうそうあるものではない」

「それはわかっておりますが、私は時々あの人を思い出して悲しくなります。自分がもっといろいろなお医者様を探して、診てもらえばきっと助かったのではないかと」

「いまそんな後悔をしても、どうにもならん」

　いつものお雪とは別人であった。その真剣な表情に独庵も、お雪の中に別な女を見たような気がした。

　こんな女だったのか。いつもは派手な着物でちゃらちゃらと独庵に近寄ってくる大店の娘と思って、適当にあしらっていた。

　死に別れた男のことを、これほど純粋に思うような女とは思ってもいなかった。

「お雪どの、病はな、どんな人にでもいつかは訪れるものだ。そなたの気持ちも十分わかるが、もっと自分のこれからを考えるべきではないか」

「はい、わかっております。ただ、せっかく独庵先生とこうして食事がごいっしょできているのですから、私の本当の気持ちも知っていただきたいと思ってのことです。余計なことを話して申し訳ございません」

お雪は涙を浮かべている。いつもの手前勝手な物腰が消えている。初めてみるお雪の涙だった。

「私は、どうもお雪どのを誤解していたようだ」

「先生はいつも逃げていましたから、私は嫌われていると思っていました」

「いやいや、医者の仕事に追われておって、いつも申し訳ないと思っていた」

なんとかごまかそうとするが、お雪は百も承知というように微笑《ほほえ》んだ。

「いつもお忙しかったのですね」

「まことに、申し訳ない」

独庵はいつになく照れている。子どもじみた独庵の仕草に、お雪も思わず苦笑している。

「実はな、私も身内を亡くしているのだ」

「どういうことですか」

独庵が突然、身内話を始めたので、お雪は驚いているようだ。お雪が本音を語ったので、独庵もだれにも言ったことのない過去を話し始めた。

「仙台藩にいるとき、姉を病で亡くしてな」

「そうでしたか。それはさぞかしつらかったでしょうに」

　お雪は少し考え込んだ。独庵の顔をしげしげと眺めて、大きくうなずく。

「わかったような気がします」

「どういうことだ」

「先生が女に弱いことが」

「なんと、私が女に弱いとな」

　あまりに立ち入ったような言い方だったので、独庵は思わず後ずさりしそうになった。

「わかります。先生が、なぜ女を避けようとなさるかが」

「私は女を避けたことなどない」

　負け惜しみのような言い方が、言い当てられたことを表していた。

「先生の心には、お姉様の姿が常にあるんですね。そのお姉様と比べてしまうから、私なんか相手にされないのでしょう」

独庵はしばらく返事をしなかったが、

「いわれてみれば、確かにそうなのかもしれない」

そういったまま黙り込んでしまった。

「仙台藩から先生が出てきたことと、何か関わりがあるのでしょうか」

「まあ、そうだが、それはまたのときだ。これくらいにしておこう」

「はい、すみません。私があまりに先生のお気持ちに踏み込んでしまい……」

「いや、私が余計なことを言ったからだ」

独庵は窓の外に目をやった。大川からの風がすうっと流れ込んだ。

3

独庵がまだ仙台藩にいた十六歳のころだった。

四歳上の姉おみちが、高熱を出し、それが数日続いたときのことだった。仙台藩の奥医に診立ててもらうと、はやり風邪と診断された。

漢方で熱冷ましを処方され、飲んでいたところ、次第に腹部の痛みが生じて、おみちは苦しみだした。いま独庵が考えると、それは腹の病で、とくに胆嚢《たんのう》と呼ばれる場所だと想像はついた。

奥医の診断にだれも逆らうことはできず、おみちは七日苦しみ、そのまま死んでしまった。

慕っていたおみちが死んで、改めて姉の存在の大きいことに気がついた。

おみちは勉学に優秀だった。二十歳になるころには、下級藩士や貧しい町人の子弟に、手習い師匠として、女では珍しく算術を教えたりしていた。

しかし、おみちが亡くなってしまったことで、自分が学問に励み、医者になるしかないと決意をしたのだ。夜遅くまで勉学する姉の姿が、目に焼き付いていた。

姉の高みに挑戦するような生き方にくらべると、内儀のお菊はあまりに世間知らずで、独庵とは合わなかった。

お菊のことは決して嫌いではなかったが、子供ができても、心の持ちようからその生き方までを、受け入れることはできなかった。

ひとつのことを突き詰めるおみちの生き方が、勉学をする者としてのまっとうな道であると考える独庵は、家柄はよく、人がいいだけのお菊には、同じ志を感じることができなかった。

独庵は二十歳になって、長崎で医学を学ぶ道を選んだ。三年間医学を学んで、仙台藩にもどり、二十三の時には、医者として患者を診るようになっていた。

五歳上に槌田風左衛門《つちだふうざえもん》という優秀な医者がいて、独庵はその生き様に憧れを抱いていた。

風左衛門は奥医となって、仙台藩で次第に名前が知れるようになり、独庵は常にそのあとを追うようになった。

日々の診療に専念しているうちに、気がつけば独庵は三十の坂を越えていた。そんなおり、藩主の病気を風左衛門が誤診してしまう。独庵がそれをかばうように、新しい薬を試すと、治療がうまくいった。藩主は快復し、以後独庵に名医としての評判が立つようになった。

しかし、風左衛門には奥医としての立場があり、独庵が風左衛門の立場を悪くしたと、城内からはみられた。

これまで波風ひとつ立たなかった風左衛門との仲が険悪になると、独庵は仙台藩にいづらくなり、結局、江戸に出ることになった。

風左衛門には十五歳になる籐之介《とうのすけ》という子供がいた。籐之介は時々独庵が遊び相手をしていたほど、仲はよかった。いつもしかめ面の風左衛門より、独庵になついていていた。

独庵が江戸に出たあと、風左衛門は誤診の責任をとって、自ら奥医をやめ、仙台城下で開業医の道を進むことになった。

しかし、風左衛門の評判は元奥医とはいえ、庶民にはかんばしくなかった。庶民が求めるのは、横柄な態度ではなく口のうまい医者だったのだ。

なかなか患者が集まらず、とても籐之介を医者にするような余裕のある状況ではなくなってしまった。

籐之介は、二十歳になるころ、独庵に恨みを抱きながら、江戸へ出ていったという。

4

五日間も夕立がなかった。暑い日が続き、独庵が桶《おけ》にためた水を頭からかぶっていると、

「先生、お呼びですか」

久米吉が独庵に手ぬぐいを渡して言った。独庵は頭と顔を拭くと、一呼吸置いて、

「久米吉、江戸市中で桜花神教丸というあやしい薬を使う医者がいるようだ。調べて

みてくれないか」

「あやしい薬とはなんでございましょう」

「どうも偽薬のようだが、二人の医者が関わっているようだ。その偽薬で病を重くしている患者も出ているということだから、放っておくわけにはいかない」

「わかりました。急ぎ、調べてみます」

いつものように久米吉は低い声で返事をした。

「私に策がある。まずは悪事を働く医者をおびき寄せねばなるまい。そこで、おまえが患者を装って、医者どもをだましてくれないか」

「なかなか面白そうでございますな。任せてください」

「頼んだぞ」

独庵は久米吉を信頼しきっていたので、方策だけ言えば、そこから先は久米吉がやってくれるだろうと思っていた。

久米吉は以前、ふすま絵を描いたことのある備前《びぜん》屋の主人重蔵《しげぞう》の店に向かった。妙な噂《うわさ》を耳にしたからだ。

大川沿いにある備前屋は、菓子の店だった。餡子《あんこ》を小麦の粉を練ったもので包んで焼いたお菓子が、人形焼きとして有名だった。

店の中に入って行くと、腰の曲がった重蔵がいた。

「おお、久米吉さんじゃないか。ふすま絵では世話になった。あの絵が評判でな。それを見に来る客がいるんだ」

「ありがたいことです」

白髪頭で、七十歳近いはずだが、昔のことはしっかり覚えている。

「今日はどうなさった」

「ちょいと、相談があって参りました」

久米吉は頭を下げて、上がり框に腰掛けた。

「ふすま絵を描いているとき、重蔵さんは、薬にも詳しいと言ってましたね」

「そうじゃ、薬は菓子より詳しいかもしれんな」

「はて、お菓子が専門のはずですが」

「実は、菓子屋の前に薬屋をやっておったんじゃ」

「なんと、そうでしたか」

「その後、江戸も薬屋が増えてしまってな、菓子屋に鞍替《くらが》えしたんじゃ」

「それは好都合、渡りに船だ。旦那、桜花神教丸というのをご存じですか」

「それか、よく知っておるぞ。いま近所で噂になっておる。よく効くとな」

「それほど噂になっておりましたか」

「実はな、一度使ってみたいと思っておった。わしもこの歳《とし》になって足がむくむので、いい薬はないか探していたのじゃ。それをどこで聞きつけたか、若い医者が店にやってきてな。ご主人は足がむくんで大変と聞きました、今日は非常に効く薬を持ってきましたと言いおってな」

「突然、訪ねてきたのですね。どこで嗅ぎつけたのでしょうかね」

久米吉はだされた人形焼きを食べている。

「うちにきたお客さんに、わしが病気の話をしたんで、たぶん、そこから嗅ぎつけたんじゃろうな」

「で、その薬は効いたんですか」

「まあ、それが妙でな」

「というと」

「たしかに足のむくみがよくなって軽くなったような気がしたのだ」

「それはよかったではないですか」

「ところが二日くらいして、別な医者がやってきてな、もっと効く薬があると言ったようなのだ。言ったようだというのは、わしが留守のときやってきて、番頭にそう言い放ったようで、番頭がそれを断ってしまった。その翌日、その薬が偽薬だと、お客から聞いて、間一髪でだまされずに済んだというわけだ」

「なるほど、で、その医者の居場所などわかるものでしょうか」

「また来るといって帰ったそうだが、その後、音沙汰がない。番頭も聞かなかったというのでな、見当がつかん」

重蔵は考えこんだ。

「おお、そうじゃった。初めに来た医者は、なにかあればここにおるからと書き物をわしにくれた気がする。ちょっと待ってくれ」

重蔵は店の奥に行き、ごそごそ探していたが、「これじゃ、これじゃ」と言いながら、紙切れを持ってきた。

「あやしい医者が自分の居場所を明かすとは妙ですな」

久米吉はその居場所が書かれた紙を眺めて疑った。

「わしもそう思うが、たぶん初めの医者は信用させる必要があるからな、居場所らしきものを書いておかねばならんじゃろう」

「となれば、まんざら嘘の居場所でもなさそうですな」

「とにかく行ってみてはどうかな」

「はい、ありがとうございます。早速行ってみます」

重蔵から紙切れを受け取り、久米吉はもう一度礼を言うと頭を下げた。一色町《いっしきちょう》の住《すみ》処《か》が書かれた紙を持って、歩き始めた。

大川沿いに南に下って、永代橋を渡った。紙切れに書いてあった住処は一色町の長屋だった。

まったくそれ以上の手がかりがないので、あたりに人を探し、歩いていた老婆に聞いてみた。

「このあたりに医者が住んでいないか」

「お医者さんは、三軒目の店《たな》だよ。行ってみればいい」

久米吉は老婆に言われた店の前まで行き、腰高障子を叩いてみた。

しばらくして、町人姿の男が顔を出した。

「なんでございましょう」

「私、絵師の久米吉というものですが、ここの先生が名医と聞いて参りました。診察をしていただけないかと思いまして」

男はしげしげと久米吉の顔を眺めた。腕組みをし、もう一度久米吉を上から下まで見た。

「先生は往診中で、いまここにはいないのです」

丁寧な口調だが、とても江戸っ子のしゃべり方ではない。ようやく覚えた台詞《せりふ》をそのまましゃべっているだけのようだった。

「ではどうすればいいのでしょうか」

「明日以降であれば、先生が往診で伺うこともできます」

久米吉は往診でないとまずいからだろうと思った。

「なんと往診をお願いできるとは、ありがたいことです」

「で、どちらにお住まいでございましょう」

「浅草寺《せんそうじ》近くの田原町《たわらまち》三丁目の長屋でございます」

男は書き留めている。

「わかりました。明日、往診いたしますので」

久米吉は長屋を出た。

元々あそこには医者などいなかったのか、あるいは出てきた男が偽医者なのか、いずれにしても、久米吉が独庵から感じるような医者としての威厳はまったくなかった。

5

久米吉が一色町から戻った翌日、早速、医者らしい男がやってきた。

薬箱らしいものを抱えて、土間に立っている。

「久米吉さんかな」

歳は三十歳前くらいだろうか、医者といわれれば医者に見えないこともない、ひげが口の周りに伸びはじめている。いまから伸ばして威厳を持たせようと言うのだろうか。

それでも目だけはきりりとしている。久米吉はとっさに武士の出ではないかと察知した。着ているものは、よれていて古着屋から買ったことはすぐにわかった。

「こんなむさ苦しいところに、往診など申し訳ありません。久米吉でございます」

「私は医者の桑折吉左衛門《くわおりきちざえもん》という。どこかからだの調子が悪いのか。昨日は一色町のほうに来たとかで」

「突然で申し訳ありませんでした。最近ずっと腹のあたりが、差し込むように痛みまして、なんとか早く治らないものかと、知り合いに先生の噂を聞いて、伺ったのです」

「そうだったか。腹の痛みは放っておくと、命取りになることもある。早く治さねばな」

口調は一人前の医者だが、独庵の姿を思うと、まったく張りぼてを見ているようで、久米吉は笑いをこらえた。

吉左衛門は久米吉の顔をじっと見ているが、診察する様子はない。

「腹を見せましょうか」

久米吉が着物をはだけて腹をだそうとするが、吉左衛門は慌てて遮った。

「いや、いや、診察せずとも、見るだけでだいたいのことはわかるものだ。この薬を煎じて飲んでいれば、よくなるはず」

懐から薬の包みを出した。

「それは、ありがたいことです。ところで、薬礼《やくれい》はいかほどでございましょう」

吉左衛門は大げさなくらい頭を横に振った。

「いやいや、病がよくなってからでかまわん。では、また近いうちに来るので」

「ありがとうございます」

久米吉が頭を下げてから、吉左衛門を見ようとすると、すでに姿はなかった。

あまりにあっけない診察で、久米吉は思わず苦笑してしまった。

何の医学の技術もないまま、医者もどきをやっているのだろうと思った。


翌日、腰高障子を叩く音で、久米吉は目が覚めた。

こんな早朝にだれが来たのかと思った。

「久米吉殿はいらっしゃるかな」

裏長屋に声が響いた。

「いま、開けます」

久米吉は布団から抜けだし、腰高障子のつっかえ棒を外した。

昨日の吉左衛門とは違って、身なりのきちんとした男が立っていた。髪は総髪で、独庵と同じような髪型だった。

「朝、早くから失礼する。大篠《おおしの》保《ほ》志《し》国《くに》と申す医者でございます」

丁寧な言葉使いだ。

昨日の吉左衛門より、十歳くらいは歳が上だろう。

「なんでございましょう」

「昨日、吉左衛門という医者が来なかったであろうか」

「はい、往診に来ていただき、薬をもらっております」

「そうかそうか」

大きくうなずいてみせた。恰幅《かっぷく》のいい腹をしている。

「で、具合はどうかな」

「まだやはり痛みが出ます」

久米吉は、嘘《うそ》を言ってみた。

「それはいかぬな。診察してみよう」

「申し訳ありません」

失礼すると言って、保志国は土間から板の間に上がり、久米吉を横に寝かせた。吉左衛門とは違い、診察をするようだ。

「腹を診てみよう」

久米吉は着物をはだけて腹をだした。保志国の手が、久米吉の腹を押した。

「どうかな、痛みは」

久米吉は「うっ」とうめいてみせた。

「ほう」

一言だけいうと、大きくうなずいてみせた。

「これはいかんな」

「何か難しい病でしょうか」

保志国は黙って考え込んでいる。久米吉にはへたな芝居に見えた。

「なかなかやっかいな病かもしれんな。ところで、昨日来た吉左衛門は、桜花神教丸を処方したのかな」

「いや、なんでございましょうか。桜花神教丸というのは」

「桜花神教丸は腹の病によく効く薬でな、和蘭からまだ日本に入ってきて間もない薬だ。そうか吉左衛門は言わなかったのだな、いかんな、吉左衛門に薬を処方するように言っておく。明日、来させるから」

「それはありがとうございます。おそれいります」

「いや、医者として最善を尽くすのは当然のこと」

保志国は立ち上がった。久米吉が薬礼を渡そうとすると、

「いやいや、明日、吉左衛門に診てもらってからにしてくれ」

包みを久米吉に押し戻した。

「では、お言葉に甘えて」

「お大事にしてくだされ」

くなった。

笑顔を見せると、保志国は出て行った。

保志国が去ったあと、久米吉は次第に騙し方がわかってきて、笑いをこらえきれなくなった。

翌日、久米吉は朝から吉左衛門を待ち構えていたが、いっこうに現れなかった。昼を過ぎて、うとうとし始めた八つ半（三時）を過ぎたとき、腰高障子を叩く音がした。

久米吉は少し間を置いて、開けた。

そこには吉左衛門が立っていた。

「おっ、これはこれは」

久米吉は驚いたふりをした。

「なに、その後、具合はどうかと思ってな」

「申し訳ありません、ご足労願って。昨日、先生のお知り合いの保志国先生がみえて、診察をしてくださったのです」

「そうでしたか。保志国先生はお忙しい方だが、時々、私が診察した患者さんを念を押すように診てくださる。保志国先生は長崎で学んできているから、信頼できる先生だ」

「それはまったくありがたいことです。そうそう保志国先生が、どうして桜花神教丸を処方してもらわなかったのかと言っておりました。なにかすごく効く薬のようですが」

吉左衛門はうなずいている。どこか、久米吉がそう言うのを待っていたようにも見える。

「いやいや、知っていながら使わなかったということではない。実は桜花神教丸は非常に高価な薬で、そんな高価な薬を、押しつけては申し訳ないと思ってな」

「先生、そんな。高くとも、この病が治るなら是非、使っていただきたい」

「そうであったか。では、今日は桜花神教丸を持っているので、処方してみよう。たぶん数日後には症状は消えてしまうはずだ」

もってきた薬箱を開けようとする。

「で、薬礼はおいくらなんでございましょう」

「桜花神教丸は和蘭からまだ入ってきたばかりの薬だから、まだ江戸でも使える医者は少ないのだ。私を含め五人はいないだろう」

もったいぶった口調になった。

「それはなんともありがたいことで。是非ともお願いいたします」

久米吉は懇願するふりをする。

「一両ほどいただこうかな。普段はもう少しいただくのだが、言われる前に使わなかったことが申し訳ないので、一両でよろしい」

「一両ですか」

普段の薬の値段を知っている久米吉だけに、御種人参《おたねにんじん》でもない限り、薬が一両もしないことはわかっている。

困ったような久米吉の顔を見て、

「これだけ効く薬は、よそからも欲しいという人も多くてな、まあ、しかし、急に一両と言われても困るであろう。今日は、半分の二分だけいただいておこうではないか」

「わかりました。残りはなんとか工面いたします」

吉左衛門は薬箱から、薬を取り出し、それを薬匙《やくさじ》で八つにわけて、小さい薬包紙で包んだ。

「これを一日二回、四日飲めば、いまの病は消えてしまうはずだ」

「これで病とはおさらばだ」

久米吉はそう言って、薬を受け取ろうと手を差し出した。

吉左衛門が久米吉の手に薬を渡そうとしたときだった。久米吉は吉左衛門の腕を逆手に取って、捻《ひね》り上げた。

「いてて、何をする」

吉左衛門は身をよじってもがく、腕をねじられて動けない。

「吉左衛門、すべてお見通しだ」

「なっ、なんのことだ」

「おまえたちが偽医者であやしい薬を処方していることを噂で聞き、調べていたのさ」

「おまえは下っ引か」

「とんでもない。俺はただの絵師だ」

「嘘をつけ、そんな職人がこんな真似《まね》をするわけがない」

久米吉がさらに腕を締め上げた。

「おとなしくしろ。どうしてこんな偽薬を使っているのだ。金が欲しいだけか」

「偽だと、和蘭から来た薬でちゃんと効いている」

「まだ、そんなことを言うか。それじゃ番所まで一緒に来るんだな」

久米吉がそう言うと、急に吉左衛門はおとなしくなった。

「まっ、ま、待ってくれ、それだけは」

「じゃあ、本当のことを言うんだな。ここではなく、独庵先生のところで話をするんだ」

「だれだ独庵とは」

「私が世話になっている有名な医者だ」

「どうして、俺がそこへ行かねばならんのだ」

「それは独庵先生に会ってから聞いてみろ」

「納得がいかねえ」

吉左衛門はふてくされたような態度だった。

「いやなら、番所へ行くだけだ」

「待ってくれ、わかった。独庵とやらに会えばいいのだな」

久米吉が手を離すと、観念したのか、吉左衛門はおとなしく座り込んだ。腕力では久米吉にかなわないこともわかってきたようだ。

「よし、いまから行くぞ」

久米吉は吉左衛門をにらみつけ、外に連れ出すと、先を歩かせた。

6

夏になれば、診療所の前には打ち水がしてあるはずだったが、すっかり乾いてしまったようだ。それでもわずかに潜戸が濡《ぬ》れていた。

久米吉が吉左衛門を連れて、独庵の診療所へ入って行く。

この時期、腕を腫《は》らした患者が駆け込んでくれば、すずは「先生、虫に感謝しないといけませんね」とうれしそうに言うのが常だった。

その虫刺されすらいないようで、診療所は静かだった。

昼寝をしていたすずを、久米吉が起こす。

「独庵先生は」

「はい、奥の部屋にいらっしゃいます」

久米吉に促されて、吉左衛門は、独庵のいる控え室に入って行く。

独庵は書見をしたまま、寝てしまったようで、顔の上には本が開いたまま載っている。

「先生」

久米吉が声をかけると、独庵のからだがピクッと動き、顔の上の本をゆっくりどけて、横になったまま久米吉の顔を見た。

「こいつが例の偽薬を売りつけていた吉左衛門という偽医者です」

独庵は伸びをして起き上がった。吉左衛門の顔をしげしげと眺めた。

「ほう、吉左衛門とな」

独庵は顔を見ているうちに、記憶がよみがえってきた。独庵が口を開く前に、

「あっ、壬生玄宗《みぶげんそう》先生ではないですか」

先に吉左衛門が独庵の本名を叫んだ。

「なんと、籐之介ではないか」

ぽかんと口を開けた久米吉が、独庵と吉左衛門の顔を交互に見やった。

久米吉は独庵の本名など聞いたこともなかったし、なぜ、このあやしい医者を独庵が知っているのか、不思議でならなかった。

「なぜ、おまえが」

独庵は驚いて、言葉が続かない。

「まさか壬生先生だったとは」

「いまは独庵だ。おまえは江戸でいったい何をしているのだ、親父《おやじ》の風左衛門どのは

どうしたのだ。たしか奥医から城下の開業医となって、医者をやっているのではないか」

独庵はまだ信じられなかった。

「それが、城下で開業医になってから、父はすっかりやる気をなくしてしまいました。患者もなかなか集まらなかったのです。いくら奥医でも、町医者になれば、患者の評判は容赦がありません。そのため私を医者にする金もなく、仕方なく私は江戸に出てきたというわけです」

篠之介は、独庵に対してはずいぶん素直に話をしているように見えた。初対面の口調とはずいぶん違っていた。久米吉は二人に師弟関係のようなものがあったのかと思った。

「せっかく江戸に出てきたのに、あやしい薬など売っていたのか。風左衛門どのが悲しむではないか」

篠之介はうつむいたまま、顔を上げない。

「医者になりたければ、いろいろ方法はあろうが、なぜそんな阿漕《あこぎ》な真似に手を染めてしまったのだ」

「江戸に出てきて、知り合いもなく、ふらふらとしていましたところ、保志国という男と知り合いになりました。その男が、桜花神教丸というすごい薬があるから、売らないかと持ちかけてきたのです。最初は本当に効くと信じていたのですが、次第に詐欺のようなことだとわかってきまして。しかし、その時にはもう抜けられなくなっておりました」

「馬鹿な、やめる気になればそんなことはすぐにやめられたはずだ。ほかにわけがあるだろう」

腐っても伊達《だて》家六十二万石の奥医の子息が、そんなあやしげな薬を売らねばならないのは、ほかにわけがあると独庵は疑ったのだ。

「本当のことを言ったらどうだ」

籐之介は頭を下げた。

「申し訳ありません。実は、私の女房が難病にかかり、その治療をするためにどうしても金が必要だったのです」

「なんの病だ」

「それがよくわからないのです。どんな医者に診てもらっても、治らない、わからないと言われてしまうのです」

独庵は籐之介の話がまだ信用できなかった。

「一度、私が診てみよう」

「それは、願ってもないことです」

「こんな馬鹿な詐欺をやらねばならないほど追い詰められていたのなら、私に一度診せても、損はないだろう」

「ありがたいお言葉」

「さっそく、診療所に連れてくるがいい」

その一言一句に、籐之介はなんども頭を下げた。籐之介はゆっくり立ち上がって、もう一度頭を下げ、

「よろしくお願いします」

そう言って、診療所を出て行った。

それからしばらく独庵は身じろぎひとつせず、額に手を当てて、考え込んでいた。

7

籐之介が女房の音代《おとよ》を連れてきたのは、翌日の夕暮れ時だった。

音代は診療所の土間から板の間に上がっただけで、すでに苦しそうにしていた。な

んども動きを止めて、大きく息をした。

篠之介が手をかして、診察室に座らせた。

「さてさて、どんな具合かな」

独庵はじっと音代の様子を眺めている。視診は診察では非常に重要な意味がある。先入観なく、患者を観察できるからだ。問診で医者の言葉に誘導されて、返事をしていくうちに、患者の本当の姿を、見落としてしまうことも多い。

医者はどうしても自分の経験を優先する。だから、勝手にある病気を想定して、質問して行くものだ。医者の偏見が診断に影響して、誤診につながることが多い。だから、診察を始めるまでの時間も非常に重要だったのだ。

独庵が音代を観察している姿を、市蔵もしっかり眺めていた。すぐに言葉や手を出さない、これも重要なことなのだと、代脈の市蔵はわかってきていた。

音代の足は大根のように太くむくんでいる。腹も水がたまったようにでっぷりとして、顔も丸々としている。

独庵は診察する前に、ある病気を想定していた。横になった音代のすねを指で押してみる。その後、腹を揺さぶった。

音代は、それだけで苦しそうにして、息が荒くなっている。

「ずいぶんつらそうだな」

「こうして、横になるだけでも苦しくなります」

「そうか、大変だな」

独庵は一言《ひとこと》言い、再び黙って考えこんだ。

「先生、どうでしょうか」

籐之介が聞いた。

「からだ全体に水がたまっておるな。まずは余分な水を出さねばならない」

独庵は薬棚から、薬を取り出した。

「これを飲ませて様子を見よう」

独庵が薬を籐之介に渡すと、籐之介は自分の懐には入れず、その薬を音代に差し出すように渡した。

独庵はその様子を見落とさなかった。

「先生の診断ですから、安心しました。これで女房も助かります」

独庵は頷いてみせた。

籐之介は音代を抱きかかえるようにして、帰って行った。

市蔵は籐之介たちが診察室を出ていったあと、独庵にすぐさま聞いた。

「先生はどう診断なさったのでしょうか」

「状態はわかるが、なんの病気か、診断は難しい。診たことがないものだ」

「何かのはやり病なのでしょうか」

「いや、わからん。もうすこし症状の変化を診ていくしかないだろう」

「先生でもわからない病気があるんですね」

「市蔵、医学の道はそんな簡単なものではない。どんなに研鑽《けんさん》しても、究められるものではないのだ。医者は常に考え、勉強していくしかない。新しい患者こそ、医者の最高の師なのだ」

「肝に銘じます」

市蔵は独庵の謙虚な態度にはいつも感服させられるが、今日はあらためて、それを感じた。

8

夜になっても、暑さは相当なものだ。独庵は耐えかねたように外へ出て、大きく息をした。何か迷っているようにも見えた。

すずが「先生、今夜は『浮き雲』ですか」と、追ってきた。独庵は黙って頷き、歩きだした。

大川沿いの道は多少なりとも風は心地よかった。北のほうへ上がっていく。しばらく歩くと目印の松の木が見えてきた。

『浮き雲』の暖簾《のれん》を撥《は》ね上げて、店に入った。

「まったく暑くてたまらんな」

独庵が店主の善六に言うと、

「今年の夏はとくにひどいもんです。夜になってもこの暑さですからね。どうかしちまったんですかね、世の中が」

「まったくだ、どうかしたのかも知れん」

独庵は奥の座敷に上がった。

間を置かず小春が、

「先生、今夜もいつものですか」

と、聞いてきた。

「いや、いまひとつ食が進まん。あっさりしたものを食いたい」

「あら、どうしたんでしょう」

「この暑さではな」

置いてあった団扇《うちわ》でせかせかとあおった。

善六の声がした。

「先生、うちは普段蕎麦《そば》なんか打たないんですが、今日は、信州からいい蕎麦が入ってきたんで、どうです、あっさり蕎麦と油揚げなんかでは」

「おお、いいな、それで頼む」

返事をすると、独庵は考え込んだ。

籐之介の女房の病が、なんとも奇妙な症状で、診断がつかなかったのだ。

「先生、同じものばかり食べていると、からだによくないって、いつも言っているじゃないですか。だから時には蕎麦もいいですよね」

小春の何気ない言葉だった。

独庵は「そうか」と、気がついた。籐之介の女房の病は、もしかしたらと思った。同じことの繰り返し、そこに手がかりがあるとひらめいたのだ。

人の気配がして、「先生」と呼ぶ声がした。久米吉だった。

善六に促されて、久米吉は板座敷に上がってきた。

「ご苦労だったな。どうだ」

「へい、吉左衛門、いや籐之介と組んでいた保志国という男、わかってきました。以前はどうも薬屋の柏屋《かしわ》にいたようです」

　座りながら久米吉は話し始めた。

「なるほど、あそこなら、自然に薬の知識も身につくというものだ。それにしても、あの手の込んだ詐欺をよく思いついたものだ」

「まったくです。素人じゃ簡単にだまされてしまいます。よくよく調べてみたら、保志国は柏屋を辞めた後、歌舞伎役者の真似事をしていたようです」

「なるほど、それでへたな芝居を思いついたというわけか」

　独庵はそう言いながら、一人で納得している。

「はい、どうぞ」

　小春が運んできた蕎麦を、独庵はすすり始めた。

「先生、今夜は蕎麦ですか、珍しいですね」

「食があまり進まないのだ」

「この暑さじゃしょうがないですね。いつものアサリ飯じゃないとはお珍しい」

「まあ、そういうな。いい考えは、蕎麦だろうとアサリ飯だろうと、食っているときに考えつくものだ」

「何か、先生、思いついたんですか」

「そのうち話す。で、保志国はいまどうしているのだ」

「奴《やつ》は、他にも、一人で詐欺をやっていたようで、それが知れて、奉行所にしょっぴかれたようです」

「それはいつの話だ」

「ついさっきのことで」

「そうなると篠之介にも嫌疑がかかりそうだな」

「そう思って、奉行所の宝神《ほうじん》様に、篠之介は独庵先生の知り合いだと話はつけておきました」

「さすがに察しがいいな。久米吉」

宝神市之丞《いちのじよう》は北町奉行所の養生所見廻《ようじようしよみまわ》りの同心で、診療所と時々関わりがあり、久米吉とは顔見知りだった。与力の北澤が宝神の言うことに一目置いていることは、久米吉も承知していた。だから宝神に情報を入れておけば、むこうも察しがつくと思ったのだ。

北澤は独庵にいくつも弱みを握られていたので、独庵の意向が伝われば、余計なことはしないはずだった。

久米吉は篠之介が仙台藩時代からの知り合いということがわかり、さらに篠之介を助けようとしている独庵の様子を見て、篠之介まで奉行所が手を出すと、面倒になると思ったのだ。

「篠之介には嫌疑はかかっていないと思います。独庵先生の名を出せば、宝神様が抑えるので、北澤様は何も言えなくなります」

「与力の北澤には貸しが多いからな」

独庵は笑ってみせた。

「さ、おまえも蕎麦を食え。小春、もう一人前だ」

独庵の声が店に響いた。

9

じりじりと日差しが強くなり、日中は外が歩けないほどの暑さだった。夕方になり、多少涼しくなったところで、独庵は永代橋近くの一色町の長屋まで往診にでかけた。

容態のよくない音代を歩かせるわけにはいかぬと思い、独庵は市蔵と夕暮れ時の大川の堤を歩いていた。

「はて、永代橋まではかなりあるな」

独庵の額からは汗が流れている。

「はい、先生、四半刻《しはんとき》では着きません」

薬箱を背中にしょって、市蔵も暑さに耐えている。

そのときすっと舟が独庵たちを追い抜くように下って行く。

「あれだ」

「えっ」

市蔵が大川のほうを見ると猪牙舟《ちょきぶね》が下って行く。

「先生、あれは吉原を往復している舟でございますが」

「そんなことはわかっておる。船着き場が近いのではないか、そこから乗り込んで、永代橋まで下っていくほうがいいだろう」

「それはそうですが」

独庵はどんどん足を速めて、船着き場目指して進んで行く。

船着き場に着くと、独庵を男が待っていた。

「お待ちしておりました」

船頭のようだ。独庵の顔を見ると頭を下げた。

「どういうことですか」

「いいから、乗れ」

独庵は猪牙舟に乗り込んだ。市蔵は首をかしげながら舟の真ん中に進む。

「じゃ、出します」

船頭は行き先も聞かず、舟を漕ぎ出す。

「船頭は行き先を聞かないじゃないですか」

市蔵は慌てている。

「頼んでおいたのだ」

「えっ」

市蔵は驚いて、独庵の顔を見た。

「甲州屋だ。甲州屋の伊三郎に舟を出してくれないかと掛け合っておいたのだ」

「そんなことを。また借りを作ることになりますよ」

実は独庵がお雪を介して、大川を下って往診に行かねばならないので、舟を出してもらえないかと頼んでおいたのだった。

夕暮れとは言え、真夏の往診に歩いて永代橋まで行くのは骨が折れる。それに駕籠より、舟のほうが快適だろうと思ったのだ。

「どうだ、舟は」

独庵が訊いた。涼しい風が吹いていく。

「いや、極楽です」

「ものの考え方は、真っ向から活路を開こうとするだけではいかん。脇道もまた一興だ。医学の道もただただ精進していればいいというわけではない。どこかに楽しみを見いださねばな」

「なるほど、そういうものですか」

市蔵は返事に困った。独庵の人あしらいに驚くばかりだ。独庵という人間が単に医学だけに通じているのではなく、人の使い方、動かし方に秀でていることはわかってはいたが、こんなふうに利用するものなのかと感心していた。

市蔵が川風に吹かれて居眠りをしていると、舟が船着き場で止まった。

「市蔵、行くぞ」

「はっ、はい」

市蔵ははっとして目を開き、よろけながら立ち上がった。

独庵はとっくに降りて、先を歩いている。これはいけないと思いながら必死に追い付こうとした。

市蔵は独庵の前に出て、久米吉が描いてくれた地図を見ながら篠之介のいる長屋を探した。

「緑橋《みどりばし》を渡った一色町にあると言っておりました」

市蔵は、一色町あたりまで行き、さらに周囲を探した。腰高障子に手ぬぐいを挟んでおくように言ってあったからだ。

「あれです」

市蔵が指差しながら、独庵に声をかけた。

篠之介の長屋の腰高障子を叩き、市蔵が声をかけた。

「篠之介さん」

待っていたかのように、篠之介が顔出をして、独庵たちを迎え入れた。

「申し訳ありません。こんなむさ苦しいところに」

独庵はそれには応えず、

「どうだ、音代どのは」

「それがどうもいけません。足のむくみはさらにひどくなっているようで、息が苦しいように見えます」

「どれ」

独庵は土間から板の間にあがって、布団に寝ていた音代の診察を始める。

確かに昨日よりさらに足はむくんでいる。

血の巡りがかなり悪くなっているように思われた。しかし、あの漢方がまったく効かないのは、独庵には理解できなかった。

独庵は診察をするような振りをして、篠之介の部屋の中を見回した。何も持たない町人とくらべても、あまりに物がなかった。

さらに音代の着物などまったく見当たらない。いかにつましい暮らしとは言え、奇妙だった。

音代は苦しそうにはしているが、脈はしっかりしていて、そのあたりも腑《ふ》に落ちなかった。病ならもっと重症感があってもいいはずであった。

独庵は困惑したままだった。

「もう少し、あの薬を飲んでおいてはどうか」

「なんという病気なのでしょうか」

篠之介が聞いてきた。

独庵は返事に困ったような顔をしてみせた。

「病の原因がわかれば診断は簡単だが、なかなか難しい病気も多い」

「独庵先生でもそんなことがあるのでしょうか」

「籐之介、医学が病気すべてを解明できるわけではない。まだまだ当今の医学自体が未熟なのだ。和蘭の医学や唐の医学をもっと学ぶ必要がある」

独庵が説教のように語るが、籐之介には、それが言い逃れのように思えたのか、うっすら笑みを浮かべたが、独庵は気がつかないようだった。

10

翌日、久米吉が慌てた様子で、独庵のところにやってきた。

いつもの冷静な久米吉ではない。

「どうした。慌てて」

「はい、籐之介さんのことで新しいことがわかってきまして」

「ほう、なんだ」

「籐之介さんは以前、宮地芝居の役者をしていたようですが、実は音代も役者をやっていたようなんです」

「なんと、二人とも役者か。保志国とは芝居つながりという訳か」

独庵はにやりとした。

「先生、なんですか、その笑いは」

久米吉が不思議そうに訊く。

「最初からあの二人は夫婦ではないと思ったのだ。私が処方した薬を籐之介は自分の懐へ入れず、すぐに病人である音代に渡した。夫婦ならあんなことはしない。一色町の長屋の中を見渡すと、これといった家財道具がない。まあ、あの歳ならそんなものかもしれんが、音代のものと思われるようなものがないのだ。あまりに不自然ではないか」

「なるほど、確かにそう言われれば」

「あの二人は初めから芝居をしていたのだ」

「それではあの音代の病気はなんだったのですか」

「甘草《かんぞう》だ」

「それは薬ではないですか」

「どんな薬も量を間違えば、毒になる。甘草も同じように何度も飲めば毒になって、からだに水がたまってくるのだ」

「そうなんですね。ということは、音代はわざと薬をのんでからだに水をためていたと」

　久米吉があきれたように言った。

「命をかけた演技だったのだ」

「そんな馬鹿なことをするものでしょうか」

「いや私にはそれがわかる。私の信用をおとしめたい、誤診をさせたいと篠之介は考えて仕組んだことだったのだろう。やはり風左衛門の嫡子だな。明日にでも、篠之介のところへ行き、決着をつけようではないか」

　独庵はすべてが見えたように久米吉に言った。

11

　独庵と市蔵が、篠之介の長屋に着いたのは、あたりが暗くなってきた暮六つ時である。

　腰高障子を開けた時、さすがの独庵も唖然《あぜん》とした。

　寝ているはずの音代がおらず、布団もたたんであったのだ。

　そこには篠之介がうつむき加減で座っていた。

「いったいどうしたのだ」

独庵はまさか自分の考えが間違っていたのではないかと不安になった。

それほど篠之介が沈痛な顔をしていたからだ。

「独庵先生、ご足労申し訳ありません。昨日の夜、音代は息苦しさがひどくなり、そのまま急に息を引き取りました」

「昨夜か、で遺骸はどこに」

「今朝、音代の親がやってまいりまして、遺体を引き取っていきました」

「通夜などせずにか」

「はい、何か急いでおるようで、実家で葬儀をしたいと申しまして。私は止めたのですが、足立郷《あだちごう》のほうへ大八車に載せ、連れていきました」

篠之介の言葉は嘘がないように見えた。独庵の後ろにいた市蔵も驚いていた。

しかし、独庵は篠之介の言葉に惑わされることはなかった。

もちろん通夜もなく、音代が消えてしまったことは、おかしな話だったが、それ以上に、篠之介の表情や言葉に疑問を持ったのだ。

「篠之介、おまえは、まだ私をだまそうとするのか。そこまでして親の敵を討ちたいというのか」

「何をおっしゃいますか。お言葉ですが、先生が診察していた患者が死んでいるというのに、自分の否をお認めにならないとは、江戸の名医、仙台の名医の名がすたれましょう」

篠之介はあざ笑うような表情をした。

「篠之介、それだ」

独庵の言葉の意味は篠之介にはまったくわからなかった。

「おまえの真に迫った芝居には恐れ入ってしまうが、それこそがおまえの墓穴を掘ったのさ」

「芝居とは、なんのことです」

篠之介は大仰に驚いてみせた。

「いいか、篠之介、目を覚ませ。人は怒りや悲しみの感情を示すとき、言葉にする前に顔の表情に変化が出るものだ。誰でも、怒りの顔がまずあって、その直後に声が出る。僅かだが、ずれるのだ。おまえにはわかるまいが、それが私には見えるのだ。尋常な目には見えぬ。医学の道を目指そうとするからこそ、患者の心の動きも見通せねばならぬ。なによりの大事は観察力だ。それがあるからこそ、患者の心の変化も見える。おまえの怒りと声は逆じゃ」

「そんな馬鹿なことが、あるわけがない」

「篠之介、おまえが子供のころ、よく私が勉学の面倒を見てやったな。算術の問題が解けないで、おまえはずっと考え込んでいた。もういいからと答えを教えようとすると、それを拒んであくまで、自分で答えを出そうとした。私もあの勉学に対する熱意に、驚いたものだった。そんな篠之介はどこに消えたのだ。篠之介、目を覚ますのだ。おまえはこんなことをしている場合ではない」

じっと聞いていた篠之介は、仙台藩で独庵に親のように世話になったことを思い出していた。

「申し訳ありません」

やにわに篠之介はがっくりと両手をつき、頭を深く下げたまま動かなくなった。

「篠之介、顔をあげよ。謝るのではなく、私の話をよく聞くのだ」

篠之介はじっと頭を下げたままだ。

「おまえの父上の無念、十分にわかる。それを晴らそうとするおまえの気持ちも、わかるのだ。おれも医者だからな、父上のお心持ち、痛いようにわかる」

篠之介は動かない。

「しかし、人を騙して金を取り、親の敵を取ろうというのは、あまりになさけないぞ。

それでは父上も悲しむばかりだ。風左衛門どのは決して医者として恥じるようなことをしたわけではない。おまえは私がどこで開業しているか見当がつかなかった。この薬を使った詐欺は、すべておまえが仕組み、私を見つけるための手段だったのであろう。保志国を雇って、特効薬の噂を流せば、私がそれを調べるとわかっていたはずだ」

篠之介は無言で、頷いた。

「そこまでして恨みを果たしたかったのか」

「私は父の無念が……」

篠之介は涙声だった。

「もうよい。わかっておる。父上が望むのは、おまえが立派な医者になることであろう。敵を討って欲しいなどと望むはずがない」

「おっしゃる通りかもしれません。しかし、私は父上の惨めな姿を見ていると、なんとしてもご無念をはらしたいと思いました」

「よい、わかっておる。おまえの風左衛門どのへの気持ちはわかる。しかし、おまえのやるべきことは別にある」

ようやく篠之介は頭を上げた。

「わかりました。私がやってきた数々のこと、何の申し開きもいたしません。独庵先生のような本当の医者に、このような小細工が通用するわけがなかったのです。私は一廉《ひとかど》の医者になりたくて江戸に出てきたものの、金もないし、人も知らず、さまよっているうちに、保志国という男と知り合いになりました。保志国に偽薬の詐欺をやらせていれば、その噂は必ず壬生先生に届くと思っておりました。手当たり次第に噂をまきちらしたのも、私が保志国にやらせたことでございます。言い訳はしたくございません。どうぞ奉行所へ突き出してください。私が偽薬で騙して手にした金はすべてお返しいたします」

独庵はそれを聞いて安堵《あんど》の息を吐いた。

「そうか、よくぞ言った」

独庵は懐に手を入れて、袱紗《ふくさ》包みを取り出した。

「篠之介、おまえは長崎へ行き、医学を学んで来い。この金はそのために使え。長崎の医学所の緒方《おがた》先生宛に私が推薦状を書くから、先方は喜んで迎えてくれるはずだ。長崎で医学を学び、仙台藩に戻って医者をやるのだ。それこそが、風左衛門どのがもっとも望んでいることだ」

「はい」

篠之介はそれ以上、言葉がでなかった。

独庵は推薦状を取りに来るように言うと、そのまま立ち上がって、外に出た。

市蔵は「先生、さすがでございます」と声をかけたが、独庵は黙って闇の中を歩いて行った。

12

「先生、聞きました。先生はあの偽薬のことで、偽医者を見つけ出し、勉強させるために、長崎に行かせたと」

お雪が、ぽつりと言った。

屋形船がゆっくり大川を下っていた。

「元はと言えば、お雪さんがいろいろ噂話をしてくれたからだ。感謝せねばならぬ」

独庵はお雪の顔を見て笑ってみせた。いままで、お雪の顔をしっかり見たこともなかった。今回のことで、お雪という女を見直したのだった。

「名声を得るために努力するのはいいが、時にあらぬ方へ向かってしまうのが人というものだ。篠之介という男は偽薬を売っていたが、仙台藩のとき世話になった師ともいうべき医者の息子だったのだ」

「その話も市蔵さんから聞きました」

「おしゃべりな奴だ」

「はい、先生の寛大さに頭が下がったと言ってました」

「寛大さだと、馬鹿な。篠之介の父上の気持ちがわかるからこそだ。そこは医者になってみないとわからないことだ」

そう言いながら、舳先《へさき》まで行くと、独庵は大川の風を全身で受けた。

小学館文庫
好評既刊

勘定侍 柳生真剣勝負〈二〉 始動

上田秀人

ISBN978-4-09-406797-2

弱みは財政——大名を監察する惣目付《そうめつけ》の企てから御家を守らんと、柳生家当主の宗矩《むねのり》は、勘定方を任せるべく、己の隠し子で、商人の淡海屋《おうみや》一夜《かずや》を召し出した。渋々応じた一夜だったが、柳生の庄で十兵衛に剣の稽古をつけられながらも石高を検分、殖産興業の算盤を弾く。旅の途中では、立ち寄った京で商談するなどそつがない。が、江戸に入る直前、胡乱《うろん》な牢人らに絡まれ、命の危機が迫る……。三代将軍・家光から、会津藩国替えの陰役を命ぜられた宗矩。一夜の嫁の座を狙う、信濃屋の三人小町。騙し合う甲賀と伊賀の忍者ども。各々の思惑が交錯する、波瀾万丈の第２弾！

小学館文庫
好評既刊

徒目付 情理の探索
純白の死

青木主水

ISBN978-4-09-406785-9

上司である公儀目付の影山平太郎から命を受けた、徒目付《かちめつけ》の望月丈ノ介は、さっそく相方の福原伊織へ報告するため、組屋敷へ向かった。二人一組で役目を遂行するのが徒目付なのだ。正義感にあふれ、剣術をよく遣う丈ノ介と、かたや身体は弱いが、推理と洞察の力は天下一品の伊織。ふたりは影山の「小普請《こぶしん》組前川左近の新番組頭への登用が内定した。ついては行状を調べよ」との言に、まずは聞き込みからはじめる。すぐに左近が文武両道の武士と知れたはいいが、双子の弟で、勘当された右近の存在を耳にし——。最後に、大どんでん返しが待ち受ける、本格派の捕物帳！

小学館文庫
好評既刊

付添い屋・六平太
龍の巻 留め女

金子成人

ISBN978-4-09-406057-7

時は江戸・文政年間。秋月六平太は、信州十河藩の供番（駕籠を守るボディガード）を勤めていたが、十年前、藩の権力抗争に巻き込まれ、お役御免となり浪人となった。いまは裕福な商家の子女の芝居見物や行楽の付添い屋をして糊口をしのぐ日々だ。血のつながらない妹・佐和は、六平太の再仕官を夢見て、浅草元鳥越の自宅を守りながら、裁縫仕事で家計を支えている。相惚れで髪結いのおりきが住む音羽と元鳥越を行き来する六平太だが、付添い先で出会う武家の横暴や女を食い物にする悪党は許さない。立身流兵法が一閃、江戸の悪を斬る。時代劇の超大物脚本家、小説デビュー！

脱藩さむらい

金子成人

ISBN978-4-09-406555-8

香坂又十郎は、石見国、浜岡藩城下に妻の万寿栄と暮らしている。奉行所の町廻り同心頭であり、斬首刑の執行も行っていた。浜岡藩は、海に恵まれた土地である。漁師の勘吉と釣りに出かけた又十郎は、外海の岩場で脇腹に刺し傷のある水主の死体を見つける。浜で検分を行っていると、組目付頭の滝井伝七郎が突然現れ、死体を持ち去ってしまった。義弟の兵藤数馬によると、死んだ水主の正体は公儀の密偵だという。後日、城内に呼ばれた又十郎は、謀反を企んで出奔した藩士を討ち取るよう命じられる。その藩士の名は兵藤数馬であった。大河時代小説シリーズ第1弾！

小学館文庫
好評既刊

死ぬがよく候〈一〉 月

坂岡 真

ISBN978-4-09-406644-9

さる由縁《ゆえん》で旅に出た伊坂八郎兵衛は、京の都で命尽きかけていた。「南町の虎」と恐れられた元隠密廻り同心も、さすがに空腹と風雪には耐え切れず、ついに破《や》れ寺《でら》を頼り、草鞋《わらじ》を脱いだ。冷えた粗菜にありついたまではよかったが、胡散臭《うさんくさ》い住職に恩を着せられ、盗まれた本尊を奪い返さねばならぬ羽目に。自棄《やけ》になって島原の廓《くるわ》に繰り出すと、なんと江戸で別れた許嫁《いいなずけ》と瓜二つの、葛葉《くずのは》なる端女郎《はしじょろう》が。一夜の情を交わした翌朝、盗人どもを両断すべく、一条戻橋《いちじょうもどりばし》へ向かった八郎兵衛を待ち受けていたのは……。立身《たつみ》流の秘剣・豪撃《こわうち》が悪党を乱れ斬る、剣豪放浪記第一弾！

小学館文庫
好評既刊

春風同心十手日記〈一〉

佐々木裕一

ISBN978-4-09-406843-6

定町廻り同心の夏木慎吾が殺しのあったという深川の長屋に出張ってみると、包丁で心臓を刺されたままの竹三が土間で冷たくなっていた。近くに女物の匂い袋が落ちていたところを見ると、一月前に家を出ていった女房おくにの仕業らしい。竹三は酒癖が悪く、毎晩飲んでは、暴力をふるっていたらしいのだ。岡っ引きの五郎蔵や女医の華山らに助けを借りて探索をはじめた慎吾だったが、すぐに手詰まってしまい……。頭を抱えて帰宅した慎吾の前に、なんと北町奉行の榊原忠之が現れた!?　しかも、娘の静香まで連れているのは、一体なぜ？　王道の捕物帳、シリーズ第一弾！

小学館文庫
好評既刊

突きの鬼一

鈴木英治

ISBN978-4-09-406544-2

美濃北山三万石の主百目鬼一郎太の楽しみは月に一度の賭場通いだ。秘密の抜け穴を通り、城下外れの賭場に現れた一郎太が、あろうことか、命を狙われた。頭格は大垣半象、二天一流の遣い手で、国家老・黒岩監物の配下だ。突きの鬼一と異名をとる一郎太は二十人以上を斬り捨てて虎口を脱する。だが、襲撃者の中に城代家老・伊吹勘助の倅で、一郎太が打ち出した年貢半減令に賛同していた進兵衛がいた。俺の策は家臣を苦しめていたのか。忸怩たる思いの一郎太は藩主の座を降りることを即刻決意、実母桜香院が偏愛する弟・重二郎に後事を託して単身、江戸に向かう。

小学館文庫
好評既刊

駄犬道中おかげ参り

土橋章宏

ISBN978-4-09-406063-7

時は文政十三年（天保元年）、おかげ年。民衆が六十年に一度の「おかげ参り」に熱狂するなか、博徒の辰五郎は、深川の賭場で多額の借金を背負ってしまう。ツキに見放されたと肩を落として長屋に帰ると、なんとお伊勢講のくじが大当たり。長屋代表として伊勢を目指して、いざ出発！　途中で出会った食いしん坊の代参犬・翁丸、奉公先を抜け出してきた子供の三吉、すぐに死のうとする訳あり美女・沙夜と家族のふりをしながら旅を続けているうちに、ダメ男・辰五郎の心にも変化があらわれて……。笑いあり、涙あり、美味《グルメ》あり。愉快痛快珍道中のはじまり、はじまり〜。

小学館文庫
好評既刊

陽だまり翔馬平学記
姫の守り人

早見 俊

ISBN978-4-09-406708-8

軍学者の沢村翔馬は、さる事情により、美しい公家の姫・由布《ゆう》を守るべく、日本橋の二階家でともに暮らしている。口うるさい老侍女・お滝も一緒だ。気分転換に歌舞伎を観に行ったある日、翔馬は一瞬の隙をつかれ、由布を何者かに攫《さら》われてしまう。最近、唐土《もろこし》からやって来た清《しん》国人が江戸を荒らしているらしいが、なにか関わりがあるのか？　それとも、以前勃発した百姓一揆で翔馬と敵対、大敗を喫し、恨みを抱く幕府老中・松平信綱の策謀なのか？　信綱の腹臣は、高名な儒学者・林羅山の許《もと》で隣に机を並べていた、好敵手・朽木誠一郎なのだが……。シリーズ第一弾！

小学館文庫
好評既刊

浄瑠璃長屋春秋記
照り柿

藤原緋沙子

ISBN978-4-09-406744-6

三年前に失踪した妻・志野を探すため、弟の万之助に家督を譲り、陸奥国平山藩から江戸へ出てきた青柳新八郎。今では浪人となって、独りで住む裏店に『よろず相談承り』の看板をさげ、見過ぎ世過ぎをしている。今日も米櫃《こめびつ》の底に残るわずかな米を見て、溜め息を吐いていると、ガマの油売り・八雲多聞がやって来た。地回りに難癖をつけられていたところを救ってもらった縁で、評判の巫女占い師・おれんの用心棒仕事を紹介するという。なんでも、占いに欠かせぬ亀を盗まれたうえ、脅しの文まで投げ入れられたらしい。悲喜こもごもの人間模様が織りなす、珠玉の第一弾。

——本書のプロフィール——

本書は、小学館のために書き下ろされた作品です。

小学館文庫

看取《みと》り医《い》 独庵《どくあん》

著者 根津《ねづ》 潤《じゅん》 太郎《たろう》

二〇二一年四月十一日 初版第一刷発行

発行人 飯田昌宏
発行所 株式会社 小学館
〒一〇一-八〇〇一
東京都千代田区一ツ橋二-三-一
電話 編集〇三-三二三〇-五九五九
販売〇三-五二八一-三五五五
印刷所——中央精版印刷株式会社

ISBN978-4-09-407003-3